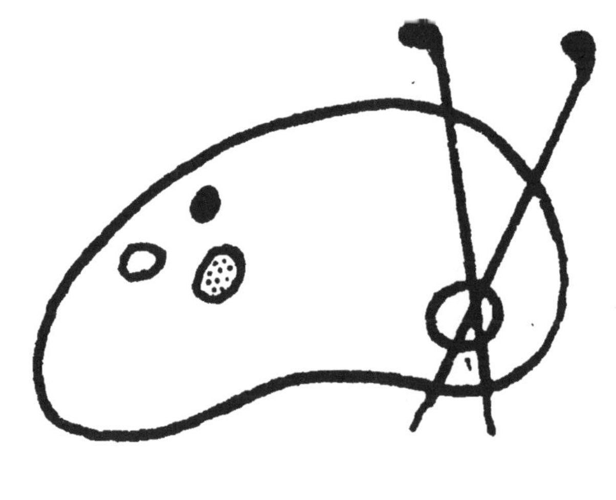

Début d'une série de documents
en couleur

(TYPOGRAPHIE)

ROMANS POUR TOUS

N° 1

Hiver 1905-1906

…OLYTE VIOLEAU

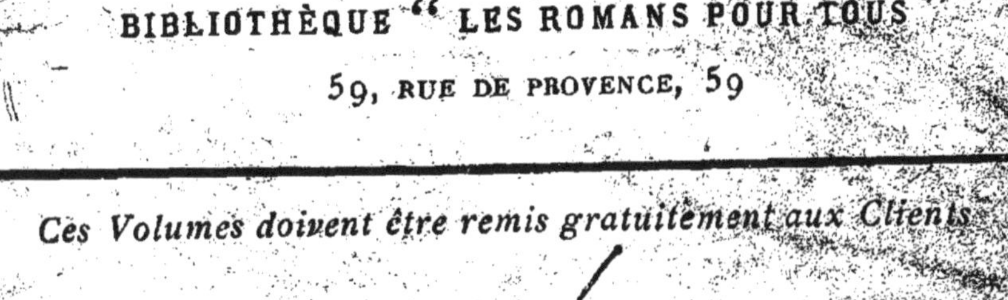

OFFERT PAR

… timbre de la Maison

… SES CLIENTS

LE Sorcier de Concoret

PARIS
BIBLIOTHÈQUE " LES ROMANS POUR TOUS "
59, RUE DE PROVENCE, 59

Ces Volumes doivent être remis gratuitement aux Clients

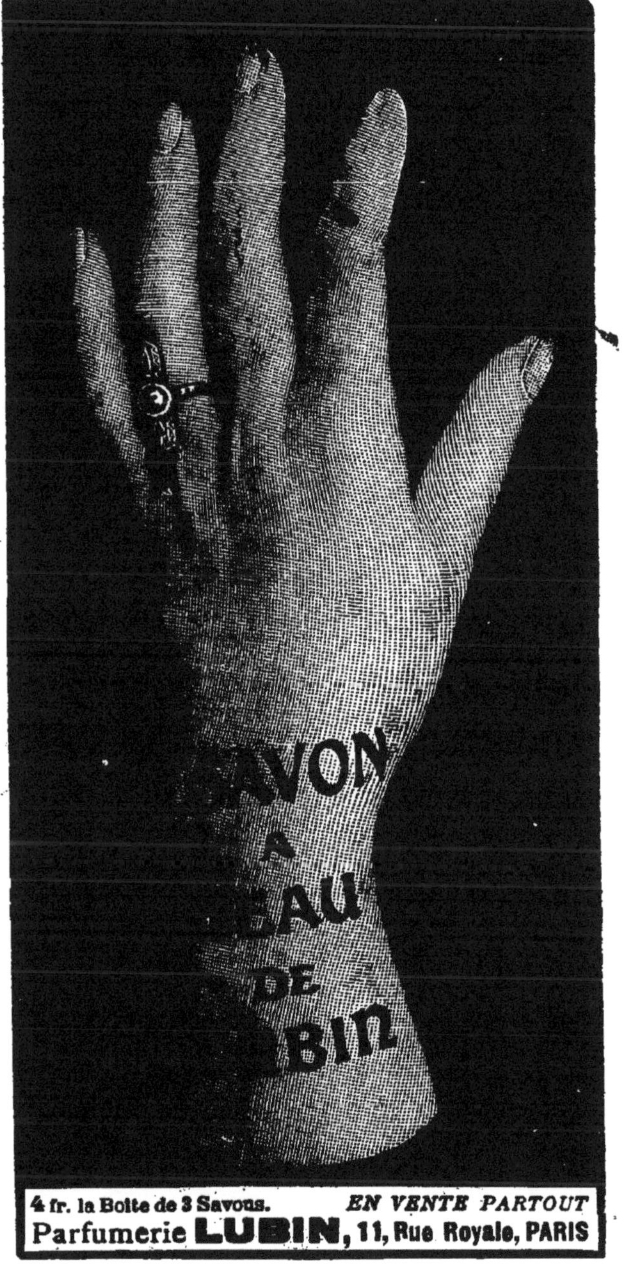

Maisons-Laffitte. — Imp. Ch. Lépice. — Téléph

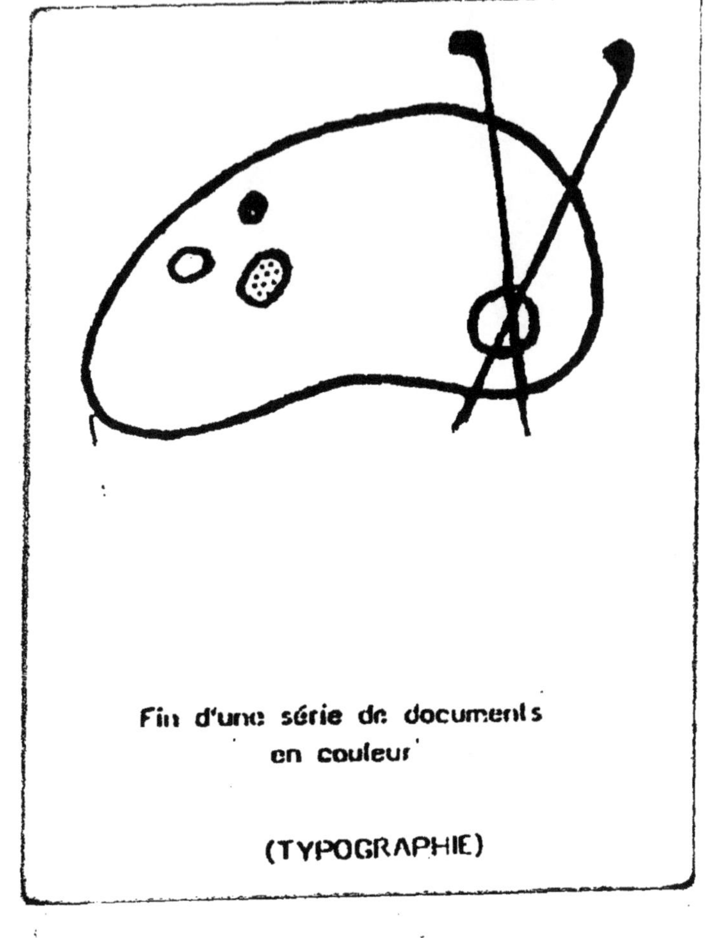

Fin d'une série de documents
en couleur

(TYPOGRAPHIE)

Redfern
Couturier Breveté de toutes les Cours d'Europe

LES ROMANS POUR TOUS

Le Sorcier de Concoret

PAR

HIPPOLYTE VIOLEAU

PARIS
BIBLIOTHÈQUE "LES ROMANS POUR TOUS"
59, RUE DE PROVENCE, 59

MAISONS RECOMMANDÉES

LE Sorcier de Concoret

I

JALLU LE TAILLEUR

Le château de Comper, dont la tour fendue, les ruines noircies par le feu, sont d'un effet si pittoresque au bord occidental de la vaste forêt de Paimpont, a eu, comme la plupart de nos châteaux de Bretagne, ses jours de grandeur et d'orgueil. La guerre des maisons de Blois et de Montfort ne lui a pas épargné les assauts, et, pendant le siège que soutint cette forteresse au temps de la Ligue, un coup d'arquebuse, parti de l'une de ses tours, enleva à l'armée royale le vieux maréchal d'Aumont. Le récit qu'on va lire ne remonte pas à beaucoup près au règne d'Henri IV, et, cependant, il m'est impossible d'indiquer ici une date précise. Le petit homme brun qui me raconta cette histoire, à Concoret, se souciait fort peu des dates, et ne cachait pas son mépris pour ce qu'il appelait les questions embarrassantes des chercheurs de trèfle à quatre feuilles.

— « Quand nous discourons à la veillée, disait-il, et que l'aventure racontée est antérieure à la Chouannerie, il nous suffit de prévenir que cela se passait il y a bien longtemps. Personne n'en demande davantage. »

Il y a donc bien longtemps qu'un homme assez pauvrement vêtu, assis près de l'étroite fenêtre d'un petit logis dépendant du château de Comper, travaillait avec ardeur à coudre des habits destinés aux domestiques de la châtelaine. Comper avait perdu ses fortifications principales depuis la mise à exécution de l'édit qui, en 1598, ordonna de le démanteler ; mais, entouré de ses grands bois, de son étang, de ses larges fossés creusés dans le roc, le château conservait encore assez d'importance pour donner à Mademoiselle Louisa de Bréciliane le pas sur toutes les dames du pays. Du reste, comme Anne-Toussainte de Volvire, sa voisine du Bois de la Roche, et peut-être sa contemporaine, peu lui importaient les honneurs rendus à la naissance, à la fortune, et même à la vertu. Servir Dieu et les pauvres, telle était son unique ambition, l'occupation de toutes ses journées. Elle venait d'achever son sixième lustre à l'époque où Jallu le couturier, installé pour une semaine à Comper, montrait de l'autre côté de la vitre ses cheveux gris, ses lèvres minces, ses yeux vifs, malins, et brillant comme deux étincelles au travers d'une immense paire de lunettes.

Jallu le tailleur, ou le couturier, car c'est ainsi qu'on nomme les tailleurs dans certaines parties du Morbihan, n'était pas un homme ordinaire. On affirmait que son père, mort depuis longtemps, connaissait le moyen de transporter d'un champ dans un autre les sucs nourriciers de la terre, que d'un seul regard il donnait la clavelée à tout un troupeau, et l'on ajoutait que si le fils n'avait fait jusque-là de mal à personne, il n'en possédait pas moins, pour nuire, les secrets les plus merveilleux. Ces assertions peu charitables n'étaient pas ignorées du prétendu sorcier ; mais, au lieu de les combattre comme injurieuses et diffamatoires, on eût dit qu'il se plaisait à leur donner une apparence de raison. Jallu s'était construit une cabane dans la forêt, à peu de distance de la célèbre fontaine de Baranton, et là, il vivait seul, sans autre compagnon que des oiseaux de toutes sortes, apprivoisés par lui, et auxquels on attachait des idées superstitieuses. Vivant de son aiguille, la plus diligente qu'on pût voir, il ne se passait pas de semaine qu'il n'allât travailler trois ou quatre jours soit dans une ferme, soit dans un manoir, partout bien accueilli, quoique partout un peu redouté.

Mademoiselle de Bréciliane avait chez elle, en qualité de femme de confiance, sa nourrice, Simonne Risselle, toujours la plus empressée à fêter la présence de Jallu au château, bien qu'elle ne vît jamais cet homme sans éprouver un pénible sentiment d'inquiétude. Pour se concilier les bonnes grâces du sorcier, dès qu'elle pouvait disposer de quelques instants, elle prenait son rouet, sa quenouille, et venait s'asseoir près de la table où l'intrépide Jallu tirait l'aiguille dont les évolutions rapides communiquaient à la tête grisonnante, aux épaules voûtées du vieux tailleur, un mouvement correspondant à celui de la main et bizarrement régulier. L'apologie de la maîtresse du château avait fait longtemps presque tous les frais de cet entretien; pourtant, depuis un an ou quinze mois, un peu de critique sur une autre personne établie à Comper se mêlait invariablement au thème usé de l'éloge.

Au moment où commence notre récit, la personne en question ouvrait une fenêtre presque en face de la petite chambre où travaillaient Simonne et Jallu.

Imaginez, sous un toit recouvert d'une mousse jaunâtre et où des nuées d'hirondelles se précipitaient dans un charmant tumulte après avoir tracé une multitude de courbes, de spirales sur l'eau transparente de l'étang; imaginez, encadrés dans un berceau de pervenches garnissant une croisée étroite, une figure blanche et rose, des yeux bleus rayonnant de gaieté, une bouche faite pour le sourire, des cheveux blonds cendré tombant en boucles sur de charmantes épaules, une taille souple et élancée ; ce qu'on peut rêver enfin de plus gracieux pour le portrait d'une jeune fille de dix-sept ans. Telle était Marguerite, nièce de la châtelaine ; elle venait d'atteindre cet âge depuis trois jours, et, depuis trois jours aussi, les hirondelles qu'elle se plaisait à voir tourbillonner autour de sa tête étaient de retour au château. Oiseaux et jeune fille, entourés de feuillage et de fleurs, inondés de soleil, paraissaient heureux de se retrouver. Ils semblaient mettre en commun jeux et riantes promesses.

— « Elle est pourtant jolie, » dit Simonne en arrêtant son rouet.

— « Sa mère l'était également, répondit Jallu d'une voix triste et sans lever la tête. L'histoire vous est assez connue ? Un imprudent mariage, là-bas, à Paris, une vie de fêtes continuelles, de folles dépenses ; puis, les dettes, les chagrins, la mort au retour d'un bal. Julien le marin me parlait, il y a quelques jours, de l'oiseau-mouche des Florides, toujours en mouvement comme l'était cette femme enivrée de plaisirs. Voulez-vous savoir comment l'oiseau-mouche finit quelquefois ? Il pénètre si avant dans les grappes empourprées d'une plante nommée bigonia, qu'il y engage ses ailes et meurt sans pouvoir s'en arracher.

— « Vous m'effrayez, s'écria Simonne Risselle. Tout le monde sait que l'avenir vous est connu, et que les oiseaux vous apprennent bien des choses. Devons-nous craindre aussi une fin malheureuse pour la nièce de Mademoiselle ?

— « Il se fait beaucoup de bruit au manoir de Folle-Pensée, reprit l'ouvrier après un instant de silence ; le jeune homme revient de Paris, plus dissipé que jamais, et la mère, Madame de Ploucalec, ne perd aucune occasion d'attirer chez elle une jolie blonde qui sera un jour une héritière.

— « Mademoiselle Louisa prétend que M. Henri de Ploucalec, si recherché dans le monde, n'a pourtant aucune des qualités qui font le bonheur d'un ménage. Croyez-vous que ce jeune étourdi plaise à Marguerite ?

— « Si je le crois !... Ah ! Simonne, combien de femmes ne distinguent un jeune homme qu'autant qu'il porte un brillant uniforme ou un habit à la dernière mode, figure bien dans un bal, et débite avec aplomb quelques phrases vides, de digestion facile pour des esprits nourris de préoccupations niaises et de fades adulations ! Les jeunes filles dont je parle ont un goût très prononcé pour les sots, pourvu qu'ils soient de bonne compagnie. Défions-nous toujours de la supériorité d'un homme qui passe deux heures par jour devant son miroir, connaît le nom de t utes les étoffes nouvelles, et cause volontiers une soirée entière de commérages sur les ridicules de telle ou telle, le mariage probable de celle-ci, les succès contestés de celle-là. Le premier mérite auprès d'une femme ignorante, frivole et vaniteuse, c'est de n'en avoir aucun qui ne soit à son petit niveau.

— « Ne pourriez-vous empêcher un malheur qui désolerait notre bonne maîtresse ? demanda timidement la nourrice.

— « Vous croyez donc beaucoup à ma puissance? » dit le sorcier.

Simonne répondit par un geste affirmatif. Elle connaissait les prodiges opérés par les oiseaux de Jallu, qu'il donnait, après les avoir apprivoisés, dans les fermes du voisinage. Le sorcier ajoutait d'ailleurs, à ses petits présents, des avis salutaires, et renfermant peut-être tout le secret du succès attribué à la magie. Un fait sur cinquante

donnera une idée des opérations mystérieuses qui trouvaient alors, à Concoret, une si grande confiance.

Une cousine de Simonne accusait tous les jours la violence de son mari. Esprit quinteux, raisonneur, toujours prêt à la réplique, la triste ménagère avait, par ses contradictions, porté au plus haut point l'irritabilité de celui dont elle se plaignait. Jallu avait pu étudier le caractère des deux époux et il promit à la femme de rendre la paix à son ménage. Pour arriver à ce résultat, un étourneau fut placé dans une petite chambre qui touchait à celle où travaillait le mari, et le sorcier enjoignit à l'épouse querelleuse de se retirer au plus vite près de l'oiseau chaque fois qu'un mot un peu rude, un froncement de sourcils, le plus léger indice enfin, laisserait deviner une prochaine explosion de colère. Ce moment de retraite devait être mis à profit en apprenant à l'étourneau une bonne parole sur la nécessité de la patience. Simonne avait pu juger de l'efficacité d'un charme qu'aujourd'hui même on pourrait encore employer avec succès; aussi, rassuré maintenant sur le bonheur domestique de sa parente, elle se demandait si, parmi les compagnons ailés du tailleur, il ne s'en trouverait aucun qui défendît le château de Comper contre les prétentions matrimoniales d'un jeune enseigne au régiment de Picardie.

— « Voyez-vous, Jallu, reprit la nourrice, le bonheur de Mademoiselle Louisa est ce qui me touche le plus. Vous voyez combien elle est sensible, dévouée; quels soins elle donne aux pauvres malades; quel intérêt elle prend aux chagrins de toutes les familles de Concoret, de Paimpont, de Tréhorentenc? Ne serait-il pas trop cruel que son bon cœur fît le tourment de sa vie? Si vous saviez combien la légèreté de Marguerite, ses caprices, son obstination à se rendre au moins trois fois chaque semaine à Folle-Pensée, ont changé l'humeur de ma maîtresse, autrefois si gaie, si heureuse! N'ai-je pas trouvé, l'autre jour, Mademoiselle de Bréciliane la tête dans les mains et les yeux remplis de larmes? — « Simonne, m'a-t-elle dit d'un ton plein d'amertume, celle dont l'avenir me préoccupe si vivement parle de me quitter et veut retourner chez son père. Je tremble pour cette pauvre Marguerite, quand elle n'aura plus pour conseil qu'un homme sans principes et ruiné dans les maisons de jeu.

— « Marguerite ne partira pas, dit le sorcier; ne prenons pas au sérieux les menaces de l'enfant gâté, qui commence à s'impatienter là-haut parce que les hirondelles ne veulent pas se laisser prendre. On voudrait passer l'hiver dans une ville, paraître dans les bals; au lieu de cela, Mademoiselle de Bréciliane contrarie, gronde, défend même de trop fréquentes visites à Folle-Pensée; et l'on se révolte, et l'on pleure, et l'on fait, en se retirant dans sa chambre, beaucoup de bruit avec la porte, pour montrer combien l'on est en colère.

— « C'est cela, Jallu, et par son trop de bonté notre maîtresse se donne mille tourments. Après tout, que ne laisse-t-elle Marguerite retourner à Paris? Nous serions bien plus tranquilles ici après son départ.

— « Vous pouvez avoir raison ; cependant Marguerite serait exposée, là-bas, à de grands dangers, et vous avez reconnu avec moi que ses défauts sont rachetés en partie par des qualités aimables.

« — Je ne dis pas non, répliqua la nourrice ; de plus, j'ajouterai volontiers que la plupart de ses défauts viennent de son éducation. La mère de Marguerite, se croyant jusqu'à la fin dans une belle position de fortune, ne cessait de répéter que l'étude ne rend ni meilleure ni plus aimable, et qu'il ne sert à rien d'être riche si l'on ne vit à sa fantaisie et sans gêne. Quand la jeune fille fut mise au couvent, les parents ne s'informaient jamais de ses progrès. Un jour, une religieuse osa lui infliger une punition. Marguerite se plaignit bien haut ; et aussitôt la mère, en adressant à madame la supérieure une verte semonce, fit passer à la pensionnaire triomphante un livre que j'ai vu, un livre envoyé comme consolation et encouragement à la fois.

— « Est-il possible ! s'écria le vieillard en s'animant par degrés ; un livre donné par des parents comme prix de paresse, d'ignorance, d'insubordination peut-être !... Un jour, si Marguerite ne change point sous une influence meilleure ; un jour, quand son mari la verra négliger les soins de sa maison, remplir mollement ses devoirs d'épouse et de mère, ou même les sacrifier à ses plaisirs ; quand il gémira de son incapacité, de son indolence, de sa susceptibilité d'enfant gâté à qui tout est sujet de plaintes et de larmes ; quand il s'étonnera de la voir marcher dans la vie, insouciante, vaniteuse, irritable, égoïste, ne sachant ni ce qu'elle désire ni où elle va, au premier mot de reproche, Marguerite pourra tout expliquer en présentant à son époux le livre donné par la mère. — « Mon ami, dira-t-elle, j'ai voulu mériter le prix d'encouragement qui me fut décerné dans mon enfance, et je suis devenue ce que tu vois.

— « Qu'elle reste ou s'éloigne, reprit Simonne, Marguerite sera pour Mademoiselle une cause de chagrin. Si vous ne pouvez rendre plus docile cette nièce dont nous n'avions que faire ici, je voudrais qu'heureuse ou malheureuse on ne s'en souciât pas plus à Comper que je ne me soucie des neiges de l'an dernier. L'important est d'assurer à notre bonne maîtresse repos, sénérité, gaieté même, et pour cela il faudrait la disposer à penser un peu plus à elle-même, un peu moins aux autres.

— « Lui donner un cœur froid et égoïste? demanda le couturier.

— « Pourquoi non? Un cœur sec nous épargne bien des peines.

« C'est une question à étudier ; néanmoins, le jour où Mademoiselle de Bréciliane formerait aussi le vœu qui vous échappe, venez me trouver, et alors...

— « Auriez-vous donc chez vous le moyen de rendre la paix à cette maison? On raconte de vos oiseaux des choses si étranges! »

La conversation fut interrompue en ce moment par l'arrivée d'un paysan dont les souliers ferrés faisaient résonner le pavé de la cour. Cet homme, qu'à son costume moitié rustique, moitié militaire, on eût pris pour un buste de laboureur enté sur des jambes de soldat, ne manquait ; d'ailleurs, aucune occasion de rappeler ses campagnes comme milicien et soldat de l'infanterie royale. Originaire de Quintin, son langage se ressentait du français suranné qu'on retrouve encore aujourd'hui dans les campagnes voisines de Saint-Brieuc ; les voyages avaient ajouté à ce fonds déjà riche en expressions vieillies et délaissées, d'autres mots également vieux recueillis en d'autres parties de la France. Qu'il me soit permis de conserver quelque chose de leur caractère particulier aux discours d'Agathon. J'écarterai seulement avec soin tout ce qui ne pourrait être compris par les personnes les moins exercées dans l'étude du français d'Amyot et de Montaigne.

— « Eh ! bonjour, Agathon, dit Marguerite de l'air le plus amical, quelles nouvelles d'Énora, de M. de Kernévat, de toute la famille ?

— « Elles pourraient être pires, répondit le campagnard d'une voix un peu traînante, le père est moins triste, la mère se fait mieux portante avec le printemps neuvelet, Mademoiselle Énora a toujours sa contenance gaie et accorte, et le reste de la famille est à l'avenant.

— « Fort bien, et tu viens apporter un message à ma tante ? Je te préviens que tu ne peux la voir en ce moment : elle est au droguier avec ses malades.

— « A la bonne heure, mademoiselle, le dro-

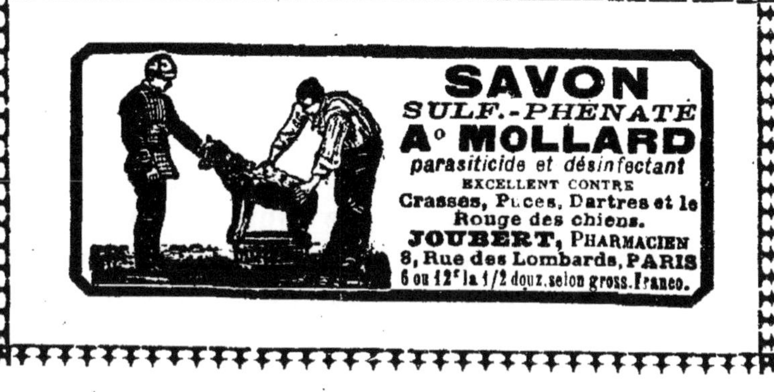

guier de votre tante a son mérite, et je vous réponds qu'à la première occasion j'y viendrai tout droit. Ah ! ce n'est pas ici comme à Folle-Pensée, où, pour faire tomber une vieille dent, on vous baille un lézard vert ou la patte gauche d'un crapaud séché au soleil. On ne m'y prendra plus. Madame de Ploucalec aurait grand besoin, en fait de médecine, de venir apprendre ici le maniement des armes. A Folle-Pensée, on ne sort pas l'onguent pour les brûlures. Parlez-moi de Comper pour les remèdes de haute science et de rare vertu.

— « Doucement, Agathon, je n'ai aucune prétention à pratiquer la médecine ; ainsi, ne crois pas me flatter en rabaissant le mérite de Madame de Ploucalec. Tu me parais, d'ailleurs, assez mal disposé pour nos voisins. D'où vient cela ? C'est pourtant M. Henri qui t'amena dans le pays.

— Eh ! oui, c'est M. Henri mon jeune enseigne, qui, lorsque j'en eus assez de l'habit gris à parements bleus, me décida à prendre du service à Folle-Pensée. Je lui dois beaucoup de reconnaissance pour m'avoir embourbé aussi lourdement dans un enrôlement pareil. Il fallait être à la fois jardinier, cuisinier, valet de chambre, et sans autre solde que celle courant par les landes sur le dos d'un lièvre. Je restai là deux ans, faisant long carême, sot comme une nouvelle recrue, cherchant vainement à humer l'air de prospérité. Encore une année pareille, et du beau garçon qui jase avec vous il ne restait qu'un tas d'ossements desséchés. Je vis qu'il était grand temps de changer la manœuvre, et j'allai me proposer bellement à M. de Kernévat. Celui-ci est pauvre, on le sait, puisque, tout bon gentilhomme qu'il est, c'est l'hôtellerie du *Pélican*, à Paimpont, qui, jusqu'ici, l'a fait vivre, lui, sa femme et ses cinq enfants. N'ayez crainte, cependant, que personne manque du nécessaire chez d'aussi bons maîtres. »

Nous avons vu tout à l'heure combien l'éducation de Marguerite avait été négligée. Désœuvrée, la jeune fille était curieuse, et le plaisir de faire causer Agathon sur les familles du voisinage l'emportait facilement sur ses sentiments de réserve, de délicatesse; mieux élevée, elle n'eût pas autant prolongé un pareil entretien. La conversation continua quelques moments encore entre le volet babillard et la jolie questionneuse, qui, pour mieux l'entendre, le rejoignit dans la cour.

— « Tu sembles accuser d'avarice cette aimable châtelaine de Folle-Pensée. Comment te croire? Si ma tante ne s'y opposait, Madame de Ploucalec me donnerait constamment des fêtes.

— « Oui, je sais que peu de jours avant votre arrivée ici, le manoir a été meublé à peu près de neuf, et qu'il n'est pas rare aujourd'hui d'y voir mettre tout par écuelles, d'y entendre tourner et remuer broches au grand galop. J'ai là dessus mes suppositions aussi, et quand je rencontrerai M. Henri, je m'informerai s'il a pris le premier papillon qu'il a vu ce beau mois d'avril; c'est signe de mariage, vous savez.

— « Je ne sais rien du tout, dit Marguerite en rougissant un peu et paraissant prendre un nouvel intérêt au bavardage d'Agathon; je ne m'occupe nullement de M. de Ploucalec. Seulement, je l'aurais cru plus attaché à lui et à son excellente mère.

— « Si vous aviez fait comme moi, mademoiselle, une faction de deux ans chez Madame de Ploucalec, et cela dans un temps où Folle Pensée n'attendait pas la visite d'une héritière, oh! alors je le répète, vous eussiez déclaré hors de sens et enragé celui qui se fût contenté de vivre aussi petitement quand il pouvait trouver mieux ailleurs. Quant à M. Henri, je reconnais qu'il n'a pas son pareil pour danser une sarabande, jouer au reversis, ou tenir sa place dans un gala. C'est encore un officier de bonne mine, un de ces hommes que les dames accueillent avec des yeux admiratifs, bien qu'ils soient coutumiers de parler sans rien dire, et qu'ils n'aient pas plus d'idées dans la tête qu'un oison de votre basse-cour. Mais il faut voir avec quelle grâce il incline son drapeau de la main droite pour saluer un général, tandis que de la main gauche il ôte son chapeau bordé d'or. Son grade d'enseigne, son uniforme gris blanc, et surtout ses feintises de langues et grimaces physicales, lui réussiront mieux, j'ai ai peur, qu'au fils aîné de mon nouveau maître, à ce beau, ce brave M. Etienne, son bon cœur de fils et tant de vertus solides. »

Marguerite fit un geste d'impatience qui n'eût pas échappé à l'ancien soldat, si la châtelaine de Comper, un petit panier au bras, et toute prête à commencer sa tournée quotidienne dans les campagnes, n'eût traversé la cour en ce moment. Agathon tira de sa poche un billet, et le présentant à Mademoiselle de Bréciliane :

— « C'est de Mademoiselle Énora », dit-il.

La châtelaine de Comper parcourut des yeux le papier, et s'adressant au domestique :

— « A trois heures, c'est bien entendu ; j'y serai, ou plutôt nous y serons ; car ma nièce sera des nôtres. Allez, Agathon, et surtout que M. de Kernévat ne se doute de rien.

— « Et où allez-vous, ma tante ? » demanda Marguerite qui s'était rapprochée de la fenêtre derrière laquelle Jallu et Simonne observait tout ce qui se passait dans la cour.

— « Au Vengleûz, répondit Louisa ; mais avant il faut voir quelques malades. »

Agathon était déjà parti. La tante et la nièce s'éloignèrent à leur tour par une autre route.

— « Jallu, dit la nourrice, vous savez ce qui se prépare au Vengleûz pour la Saint-Georges ?

— « Oui, Simonne, et vous n'ignorez pas non plus qu'on fête, le même jour, la châtelaine de Folle-Pensée ? Le choix de Mademoiselle Louisa n'est pas douteux; il se pourrait, néanmoins, que Marguerite fût d'un autre avis.

— « Toujours Marguerite, murmura Simonne. Jallu, quoi qu'il arrive, rappelez-vous ma prière; faites que Mademoiselle n'ait pas à souffrir des fautes et des chagrins d'autrui. »

II

LA FAMILLE DE KERNÉVAT

On connaît les châtelaines bretonnes, recours de toutes les souffrances morales et physiques, anges de pitié et d'espérance envoyés à la chaumière, et qui prêtent leurs mains délicates à la Providence pour secourir et consoler. Mademoiselle de Bréciliane était une de ces femmes vraiment chrétiennes ; et, maîtresse de sa fortune à vingt ans, elle avait renoncé au mariage pour suivre avec plus de liberté la route choisie par son dévouement au milieu des misères humaines. D'une santé débile, qu'annonçaient trop bien sa maigreur et sa taille un peu courbée, elle n'en était pas moins toujours prête à supporter les fatigues quand ses courses ou ses veilles pouvaient être utiles à quelqu'un. Sa beauté, moins régulière que celle de Marguerite, causait une impression plus profonde. On la disait un peu trop pâle, et elle l'était réellement, à moins qu'on ne parlât devant elle de quelque grande infortune ou d'une action généreuse. Alors une teinte rose colorait ses joues, et l'expression sympathique de sa bouche, le rayonnement de son regard rendaient, en quelque sorte, son âme visible et donnaient à toute sa physionomie un charme qui ne se décrit point. On se sentait attiré vers elle par les plus nobles instincts du cœur. On l'aimait comme on aime la douceur, la compassion, la pureté et le courage.

Tant de vertus n'existaient pas, cependant, sans mélange de quelques faiblesses. L'énergie, qui ne manquait jamais à Louisa de Bréciliane, s'il s'agissait de tirer de peine un malheureux, lui faisait parfois défaut pour se consoler après un échec, pour supporter patiemment la contradiction et l'ingratitude. Elle avait des moments de dégoût et d'abattement extrêmement pénibles à passer, et il n'était pas rare de l'entendre s'écrier alors qu'elle eût voulu devenir insensible. Le sentiment du devoir, autant que la bonté de son cœur, ne permettait pas à la châtelaine de rien changer à sa vie. Toutefois, pour donner un nouvel élan à son zèle, il fallait le plein succès d'une entreprise charitable, une expression de joie, un mot de reconnaissance de ceux qu'elle avait secourus. La présence de Marguerite à Comper avait rendu plus fréquentes ces heures d'accablement et de tristesse. Dans l'intérêt de la jeune fille, des plans d'avenir avaient été formés, des plans contrariés tous les jours, et de là ces larmes dont la nourrice se plaignait à Jallu, son confident. Énora de Kernévat, et surtout son frère Étienne, entraient aussi pour beaucoup dans les rêves que Marguerite semblait s'attacher à détruire. Il s'agissait, au moyen d'un mariage heureux, de choisir à une jeune étourdie un guide sûr, éclairé, et de rendre l'aisance à une famille honorable ruinée depuis longtemps.

Le nombre des familles pauvres appartenant à l'ancienne noblesse est considérable en Bretagne. Les longues guerres de la Succession, puis celles de la Ligue, nous dit Fréminville, consommèrent la ruine d'une multitude de nobles, obligés de servir à leurs frais et d'amener sous les drapeaux un certain nombre d'hommes qu'il leur fallait équiper, nourrir, défrayer, souvent pour un temps indéfini. — « Que de fois, dans mes courses en « Bretagne, ajoute le même écrivain, n'ai-je pas « rencontré sous le chaume de ces beaux noms « qui figuraient au quatorzième siècle sous les « bannières de Duguesclin, de Clisson et rappe- « laient les brillants exploits des jours, de la « chevalerie? J'ai retrouvé de même, dans de « simples matelots, des descendants d'anciens « amiraux de Bretagne, des Kerimel, des Porz- « moguer. » — M. le Bastard du Mesmeur, à Crozon, a fait obtenir à quatre Goulezre un modeste emploi de douanier, et ce sont, m'a-t-il assuré, les mieux posés de la famille. J'ai connu moi-même, à Brest, la veuve d'un pauvre cordonnier, réduite à la plus extrême misère, et si fière de porter le nom de Keroupsi, qu'elle l'avait fait inscrire d'avance sur une croix conservée dans son galetas, au pied de son lit, et destinée à orner sa tombe.

Hébasque, dans ses *Notions historiques*, raconte un trait assez touchant sur un de ces gentilhommes en sabots, originaire de la commune de Plouzec ou Plourivo, aux environs de Paimpol : — « Un peu avant les événements de « juillet, dit-il, M. Bellanger, mon collègue, fut, « en qualité de commissaire, chargé d'une « enquête. Il avait déjà fait écrire les noms et « prénoms du nommé Jean-Baptiste Kerénor : « — Votre métier ? lui demanda-t-il ensuite. — « Batelier. — Greffier, écrivez batelier. — Mon- « sieur, dit alors d'une voix émue le matelot, « faites-y, s'il vous plaît, ajouter écuyer ; car ce « titre est le mien, il fut celui de mes pères, et « c'est le seul héritage qu'ils m'aient transmis. Il « signa : *de Kerénor*, et il exigea que son nom « fût ainsi rectifié dans sa déposition. »

Il me serait facile de multiplier les anecdotes sur cette noblesse indigente et souvent plus respectable que tel courtisan en faveur, dont l'habit brodé déguise bien d'autres misères. Je rappellerai seulement ici que dans un voyage de Morlaix à Plouguerneau, en suivant les grèves du pays de Léon, nous couchâmes une nuit, mon compagnon et moi, dans une auberge de village, tenue par un vieux gentilhomme dont le nom m'était bien connu. Nous arrivâmes chez lui un jour de marché, à l'heure où quelques dames des manoirs voisins remontaient dans leurs voitures. La femme de notre hôte reconduisait ces dames qui l'embrassaient et lui disaient adieu en l'appelant cousine. Un reste d'élégance se mêlait à la pauvreté de cette maison, et nous éprouvâmes un certain embarras le lendemain matin, en priant le maître du logis de nous faire connaître le montant de notre dépense. — Veuillez, nous dit-il, régler avec la fille de confiance ces petites affaires dont je ne m'occupe jamais : je me réserve simlement le plaisir de passer quelques moments de plus avec vous, en vous mettant sur la route que vous voulez suivre. Cela fut dit simplement et d'un ton d'exquise politesse. L'hôtelier-gentilhomme nous accompagna, en effet, et nous montra en passant, non sans quelque tristesse, le manoir qui porte son nom et qui est encore habité par des membres de sa famille.

La position de M. de Kernévat, père d'Énora et de ce jeune Etienne, si vanté par Agathon, était exactement celle de l'homme dont je viens de parler. Réduit à la plus grande pauvreté et chargé d'une famille nombreuse, il avait dû faire taire toutes ses répugnances, et saisir le seul moyen qui s'offrait à lui pour soutenir l'existence de sa femme et de ses enfants. Une auberge de village en Bretagne n'a rien, d'ailleurs, qui puisse effrayer la conscience la plus délicate. J'ai dit dans mes *Pélerinages du Morbihan* combien les habitudes de la plupart de nos populations rurales sont graves, religieuses. L'hôtellerie de M. de Kernévat à Paimpont devait ressembler au cabaret tenu par Théodote à Ancyre, et qui n'empêcha pas l'Église de placer ce dernier au rang des saints.

Après cette digression nécessaire, rejoignons la châtelaine de Comper et sa nièce dans la campapagne où elles vont de chaumière en chaumière distribuer des secours. Le soleil brille, les arbres et arbustes se couvrent de jeunes feuilles où pendent des gouttes de rosée, les primevères et les violettes s'éparpillent dans l'herbe, les blés nouveaux poussent et verdissent, les pommiers sont en fleur, la fauvette dit : Me voici ! — Enfin, avril à la moitié de sa course, devant les branches du chêne encore dépouillé et les bouquets de l'aubépine déjà entr'ouverts, semble ne conserver les souvenirs des jours mauvais que pour mieux apprécier les douceurs de l'espérance. Les derniers murmures de l'hiver se perdent dans les profondeurs du *Val sans retour*, célèbre dans les romans de chevalerie, qui ont tant parlé de la forêt de Paimpont sous le nom poétique de Brocéliande.

La promenade dure depuis bientôt deux heures, et jamais Marguerite n'a trouvé le temps plus court : la beauté du ciel l'égaye, et sa joyeuse humeur se communique à sa compagne, heureuse de la voir ainsi. Jusqu'à présent, d'ailleurs, on n'a vu que des visages contents. La châtelaine a promis du travail à celui qui en manquait ; une bonne grand'mère s'est extasiée à l'invitation de venir, un de ces dimanches, dîner au château ; et partout, moyen certain de réjouir la famille entière, les petits enfants ont été pris sur les genoux et caressés. Marguerite a partagé trois ou quatre fois le bouquet qu'elle recommence toujours, et la voilà qui se remet à l'œuvre le long d'un ruisseau, à deux pas de la cabane où sa tante se dispose encore à entrer.

— « Ici, dit cette dernière en baissant la voix, la visite te paraîtra moins agréable ; tu verras entre ces quatre murs le dénûment le plus complet, et, en outre, il s'agit d'un pansement douloureux.

— « Eh bien, prenez ma bourse, chère tante, répond la jeune fille ; videz-la, c'est tout ce que je puis faire. Je n'aime pas à voir souffrir : je vais m'asseoir sur la margelle du puits et je vous attendrai autant qu'il faudra. »

Louisa prend l'argent qu'une main timide lui présente et fait quelques pas du côté de la chaumière. En ce moment une jeune fille de seize à dix-sept ans, vêtue simplement, mais avec ce bon goût qui donne du prix à l'étoffe la plus commune, paraît à la porte.

— « Énora ! » s'écrie Mademoiselle de Bréciliane, tandis que la charmante fille de l'hôtelier de Paimpont accourt au-devant d'elle.

Faut-il faire un nouveau portrait ? — Non, il suffit de dire qu'Énora marchait sur les traces de la châtelaine de Comper, et que, n'ayant pas d'or à offrir, elle donnait aux pauvres ses soins et ses consolations. Elle venait de laver, sans sourciller, l'affreuse blessure, dont la seule idée avait épouvanté Marguerite. Mademoiselle de Bréciliane s'en informa, et, sur la réponse affirmative, elle jeta sur sa nièce un regard éloquent. Celle-ci rougit.

— « Énora, dit-elle, je n'ai pas eu autant de courage que vous. Je ne sais comment on peut arrêter les yeux sur une plaie. Tout à l'heure, je refusai d'accompagner ma tante dans cette chaumière.

— « La pauvre Marguerite, ajouta la châtelaine, a besoin de vos leçons. Enfant, on lui a montré la vie comme une fête où elle n'aurait qu'à se faire belle, se réjouir, et quand je songe aux précautions qu'on a prises pour lui épargner le plus léger chagrin, je m'étonne qu'il lui reste encore assez de sensibilité pour compatir même de loin aux souffrances des autres. »

Marguerite baissa la tête et essuya quelques larmes.

— « Je vous assure, dit-elle, que les malheureux me font grand'pitié. Vous ne m'avez jamais aimée, ma tante, et vous me traitez durement.

— « Ma chère amie, reprit Énora de cette voix harmonieuse que possèdent quelques femmes, et dont l'accent remue le cœur et ne laisse à l'esprit aucune objection, il est impossible de ne pas vous aimer, et votre tante vous chérit mieux que personne. Elle pense seulement ce que vous penserez vous-même après y avoir réfléchi, que, puisque nous habitons un monde où les souffrances se rencontrent à chaque pas, nous devons nous accoutumer de bonne heure à les regarder en face.

— « La vue d'une blessure est si cruelle, répliqua Marguerite ; l'aspect d'une profonde misère est si douloureux, pour peu qu'on ait l'âme sensible !

— « Vaines excuses, dit la châtelaine de Comper. N'écoutez pas, mon enfant, le langage de la mollesse. Cette prétendue sensibilité qui consiste à s'épargner à soi-même toute émotion pénible est un égoïsme déguisé.

— « Je vois bien que vous êtes meilleures que moi, toutes les deux, et pourtant je n'aurai jamais la force...

— « Ne songez pas à nous, interrompit Mademoiselle de Bréciliane ; pensez à Dieu qui semble avoir confié de préférence à la femme le soin de compatir à toutes les douleurs et de les apaiser en les partageant. Que deviendrait une jeune personne élevée uniquement pour le bonheur le jour où l'adversité, la maladie, ou la mort pénétrerait dans l'intérieur de la famille ? Qu'elle serait à plaindre cette jeune fille qui n'aurait que des larmes à donner, larmes qu'elle répandrait beaucoup plus sur la perte de son insouciance commode que sur les chagrins de sa maison ! Comprenez-vous une fille, une sœur, incapable de soigner sa mère infirme ou son frère malade, obligée de céder à des mercenaires des fonctions qui devraient être pour elles l'obligation la plus sainte et la plus douce des consolations ! Est-ce la tendresse du cœur qui mène là ? Est-ce encore la sensibilité véritable qui, dans trop de familles, fait déserter la chambre du mourant par les parents les plus proches, sous le misérable prétexte que l'adieu suprême d'un être tendrement chéri nous briserait le cœur ? Pauvre amour que celui qui ne veut pas sa part d'angoisses auprès de l'objet aimé, et qui abandonne la dernière étreinte d'une main près de se refroidir à la main distraite de l'indifférence ! »

Marguerite restait muette et la tête inclinée sur sa poitrine. Ses deux compagnes eurent pitié de son embarras, et se dirigèrent avec elle du côté de la chaumière, où la pauvre enfant les suivit, non sans hésiter un peu. Elle s'y montra compatissante et presque courageuse ; aussi, satisfaite de ce premier essai de ses forces, quand elle se trouva sur le chemin l'instant d'après, la sénérité brillait dans ses yeux où il ne restait plus trace de larmes. On causa de choses moins sérieuses, et particulièrement du motif qui attirait ce jour-là Mademoiselle de Bréciliane au Vengleùz.

Le Vengleùz était un de ces manoirs à porte gothique, à tourelles, accusant le commencement du seizième siècle, et se donnant même un petit air guerrier, grâce à quelques meurtrières percées dans la façade principale. Ce manoir, ou plutôt celui qu'il remplaçait, avait été le berceau de la famille de Kernévat. Un écusson, mieux conservé que la fortune des anciens seigneurs du lieu, surmontait le portail devant lequel le père d'Énora ne passait jamais sans un soupir de regret. Ces murs, délabrés maintenant, avaient vu les splendeurs de ses ancêtres, et, plus tard, caché leur décadence. Avec quel déchirement de cœur on s'était dépouillé peu à peu de tous les biens environnants, champs, prairies, verger, jardin, jusqu'au petit bois dont il ne restait plus que trois arbres, avant d'arriver au dernier sacrifice, la vente du château ! Le jour néfaste était

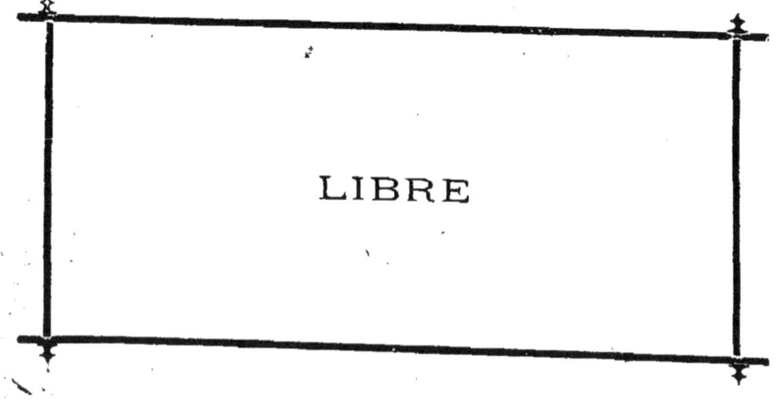

encore présent à la mémoire de l'aubergiste de Paimpont, bien qu'il n'eût pas quatorze ans à cette époque. Il en parlait rarement à d'autres qu'à son fils : mais depuis que le nid de ses plus chers souvenirs était inhabité, souvent le gentilhomme, devenu pauvre hôtelier, dirigeait de ce côté sa promenade, et là, trouvait un mélancolique plaisir à se rappeler sa mère, son aïeul, sous l'épais feuillage des trois vieux ifs au pied desquels ceux qu'il regrettait s'étaient assis tant de fois. Quand Mademoiselle de Bréciliane et ses deux compagnes, conduites par un projet que nous connaîtrons bientôt, arrivèrent devant ce dernier débris du bois abattu, elles trouvèrent M. de Kernévat à demi-couché sous les arbres. En l'apercevant, Énora fit un mouvement de terreur.

— « Fâcheux contre-temps! » dit la châtelaine.

Le gentilhomme s'était levé, et après les compliments d'usage, indiquant du doigt le manoir, il fit remarquer, avec un sourire forcé, que les hibous revenaient toujours à leurs vieilles masures.

— « Si l'homme, ajouta-t-il, s'attache plus fortement par l'adversité que par le bonheur, proposition incontestable, suivant moi, je dois tenir à ces murs par des liens sans nombre. Resté seule avec ma mère et mon aïeul âgé de près de quatre-vingts ans, j'ai vu leur existence empoisonnée par toutes sortes de privations et de chagrins. Un jour, les créanciers sont venus, ils ont arraché du foyer le fauteuil de mon grand-père, et détaché de la muraille nos portraits de famille. J'étais à cette fenêtre quand, à la vue de l'épée de mon père emportée par un usurier de Ploërmel, je compris à quels affronts j'étais réservé. Nous ne demeurâmes que peu de jours au manoir après l'enlèvement de ces chères dépouilles ; il fallut sortir à notre tour ; lui, se traînant à l'aide d'un bâton qui n'avait tenté personne ; elle, mourant de douleur et cherchant à étouffer mes plaintes qui désolaient le vieillard.

— « Si le passé n'a pas été sans amertume pour vous, dit Mademoiselle de Bréciliane, j'ai pleine confiance dans l'avenir de votre famille ; déjà mon filleul Etienne a réalisé nos meilleures espérances.

— « Il est plein d'ardeur, reprit le père dont le front s'éclaircit aussitôt. Étienne a reçu du ciel cette gaieté légère qui adoucit les peines de la vie et donne un charme de plus à nos plaisirs. Élevé loin du monde, et trop pur, trop sincère pour soupçonner nulle part la duplicité et le mensonge, on pourrait lui reprocher quelquefois la naïveté de son enthousiasme, la candeur de son admiration ; mais ce défaut, si c'en est un, provient de sentiments si nobles, que, tout en redoutant ses conséquences pour le bonheur de mon fils, il m'est difficile d'y voir autre chose qu'un motif d'estime et d'affection. Entraîné par la vivacité de son imagination et les élans généreux de son âme, à quinze ans il avait déjà rêvé bien des dévouements, formé bien des plans de la vie utile. Au récit d'une bataille, il s'était vu soldat à la suite de Turenne ; devant un tableau d'église représentant un religieux trinitaire, il avait nourri des projets de longues traversées pour le rachat des captifs. Tout cela devait aboutir à un obscur emploi dans les forges de la forêt. N'importe ! là aussi notre songeur intrépide caresse de glorieuses illusions. Il faut l'entendre affirmer que son travail pourra bientôt suffire à tous nos besoins, et qu'avant dix ans, si le propriétaire actuel de ces vieux murs consentait à les vendre, nous pourrions..... Tenez, mademoiselle, c'est une folie, et voilà que je pleure rien que d'y penser.

— « Et pourquoi une folie ? demanda la châtelaine, l'amour filial a fait des miracles plus surprenants que celui-là.

— « Vous parlez comme Jallu le sorcier, reprit M. de Kernévat. Ne m'assurait-il pas, l'autre jour, que le Vengleüz nous appartiendrait avant peu ! »

Un imperceptible sourire effleura les lèvres de la tante de Marguerite.

— « Tant que des étrangers l'ont habité, continua le gentilhomme, l'idée ne m'est pas venue qu'un semblable rêve pût jamais se réaliser. Alors j'aurais fait un grand détour pour éviter de passer par ici. L'an dernier, j'appris que les maîtres avaient quitté le pays, et que le Vengleüz était vide. La foi robuste d'Etienne, les prédictions de Jallu, ont pris tout à coup à mes yeux une ridicule importance... Loin de fuir ces tourelles et ces trois vieux ifs, depuis je les ai recherchés comme d'anciens amis longtemps regrettés, et qui, après un long oubli, semblent faire enfin quelques pas vers nous.

— « Tenez pour certain que Jallu justifiera sa réputation de sorcier, dit la châtelaine.

— « Croyez-vous, répliqua d'un air pensif le père d'Etienne et d'Enora, croyez-vous qu'un homme puisse pénétrer quelquefois les secrets de l'avenir ?... La forêt de Paimpont est remplie de traditions merveilleuses sur Merlin, Viviane, le chevalier Ponthus, et, plus près de nous, sur Eon de l'Etoile et ses étranges disciples.

— « Nos aïeux vivaient ici au milieu des enchanteurs et des fées, répondit avec enjouement Mademoiselle de Bréciliane ; maintenant il ne nous reste plus que le sorcier de Concoret, et il serait vraiment regrettable de le perdre aussi. Ce que je puis affirmer, du moins, c'est que Jallu, dans ses prédictions, a souvent rencontré juste Il est plus instruit qu'on ne l'est habituellement dans nos campagnes, et je le crois doué d'une intelligence supérieure. »

M. de Kernévat s'était rapproché, en écoutant son amie, de la façade du manoir qu'il n'avait pu voir jusque-là. Une charrette chargée de meubles presque entièrement recouverte d'un drap, était arrêtée dans la cour.

— « Voyez, dit l'aubergiste de Paimpont, dont les traits se couvrirent d'une pâleur subite, voilà comme les prédictions de Jallu se réalisent ! Au moment où je m'abandonne à un fol espoir, de nouveaux hôtes prennent possesion du Vengleüz. Si j'avais élevé un peu plus la voix, ils pouvaient m'entendre ; car ils sont là, ces meubles le prouvent, et aussi ce rideau derrière lequel on distingue quelqu'un. »

Les trois femmes n'étaient pas moins troublées que M. de Kernévat.

— « Adieu, dit-il, des affaires m'appellent à Mauron, et il est grand temps de partir. Vous, Enora, retournez à Paimpont, où l'on pourrait avoir besoin de vous. Votre mère est sortie avec vos petites sœurs ; Agathon court de son côté, et notre fidèle Jeannette est restée seule. »

Sans attendre la réponse de sa fille, détournant la tête pour ne plus voir le Vengleüz, le gentilhomme disparut derrière les vieux ifs.

Louisa et ses deux compagnes attendirent quelques instants, puis pénétrèrent dans la cour. Une fenêtre s'ouvrit, trois petites têtes blondes s'y montrèrent à la fois, et des rires étouffés répondirent au salut amical de la châtelaine.

III

GRANDS PRÉPARATIFS

Les hirondelles que nous avons vues au commencement de ce récit tracer mille cercles devant la fenêtre de Marguerite pourraient seules donner une idée du mouvement que présentait la salle du Vengleùz : tandis qu'un jeune homme, tenant à la main des clous et un marteau destinés à rattacher quelques pans de tapisserie, s'évertuait à crier silence, trois petites filles, dont l'aînée n'avait pas dix ans, couraient, sautaient, se heurtaient, se croisaient, parlant toutes ensemble, et poussant des cris de plaisir. Le plus grand désordre régnait dans la chambre où l'on remarquait, posés les uns sur les autres, plusieurs vieux tableaux. Une femme, d'environ quarante-cinq ans, occupait un antique fauteuil en velours d'Utrecht, près du rideau remarqué par M. de Kernévat. Au moment où la porte s'ouvrit, cette femme se leva précipitamment et s'avança vers la châtelaine de Comper.

— « Quelle peur nous avons eue ! dit-elle ; sans une des pouponnes qui a aperçu son père par la fenêtre donnant sur le bois, et qui est venue nous avertir à temps, il nous surprenait dans la cour.

— « Je l'ai vu la première ! » s'écrièrent à la fois les trois enfants désignées dans la famille sous le nom collectif de *pouponnes*, à cause de leurs joues roses et potelées.

Le frère aîné prit la plus petite sur son épaule et l'emporta gaiement dans la chambre voisine ; les deux autres le suivirent en s'attachant à ses habits.

— « Il a tenu à peu de choses, dit Énora, que je ne livrasse moi-même notre secret. Pauvre père ! comme il était ému en nous quittant ! N'a-t-il pas cru, maman, que de nouveaux étrangers venaient s'établir ici.

— « Cette supposition nous a sauvés, ajouta Mademoiselle de Bréciliane ; bien mieux, nous voilà certaines, à présent, de ne plus être dérangés dans nos préparatifs.

— « Après-demain la Saint-Georges ! s'écria Étienne avec une explosion de joie qui n'appartient guère qu'à la première jeunesse.

— « Allons, du calme ! reprit la mère en passant un bras sous celui de son fils : je suis si peu habituée au bonheur, qu'une joie trop vive me fait trembler.

« — Eh ! le moyen de n'être pas joyeux, quand tout nous réussit à souhait, répliqua le jeune homme. Je vous dis que la Saint-Georges est un jour de bénédiction. Vivat !

— « Oui, un jour de bénédiction pour toi surtout, mon brave enfant. »

Étienne ne laissa pas à sa mère le temps de faire son apologie.

— « Mesdames, nous causerons une autre fois; aujourd'hui, nous avons beaucoup à travailler, et je fais appel, dès ce moment, à la bonne volonté de ma sœur et à la vivacité de Mademoiselle Marguerite.

— « Que faut-il faire ? demandèrent les deux jeunes filles.

— « A la charette ! dans la cour ! » crièrent les pouponnes, de l'escalier, qu'elles descendaient avec la plus grande précipitation.

Un instant après, toutes les personnes réunies au Vengleüz entouraient la charrette qu'Agathon, aidé par Étienne, se hâta de décharger.

Ici, un mot d'explication.

Depuis deux ans, un supplément de travail dans les bureaux de l'administration des forges établies dans la forêt de Paimpont ajoutait une somme assez ronde au traitement du jeune employé Ce dernier, d'accord avec sa mère et le maître des forges, qui s'intéressait vivement à lui, avait caché à M. de Kernévat cette augmentation de salaire. Des épargnes ainsi formées, et grossies par des gratifications annuelles, manne céleste des bureaucrates, Étienne était parvenu, en y joignant quelques avances sur les services futurs, à racheter le manoir de ses ancêtres. Quatre mille francs avaient suffi pour cette acquisition, que le délabrement du manoir et son peu de dépendances rendaient plus facile. Sauf la cour dont il a été question, un très-petit jardin, les trois ifs et la place de leur ombre, tout ce qui appartenait au Vengleüz avait été divisé et ajouté à des fermes voisines. Dès à présent, l'héritier des Kernévat se croyait en mesure de pourvoir, à lui seul, aux besoins de la famille. Tous les plans étaient arrêtés : Agathon épousait la cuisinière Jeannette, et, au moyen d'arrangements favorables aux maîtres et aux serviteurs, ces derniers prenaient à leur nom l'hôtellerie, tandis que les premiers, redevenus châtelains, allaient vivre paisiblement au manoir. Le père s'occuperait du jardin, en attendant qu'il fût possible d'ajouter un champ ou deux à leur domaine.

Initiée à tous les secrets de son filleul, Mademoiselle de Bréciliane avait aussi voulu, dans cette circonstance solennelle, offrir son bouquet de fête à un vieil ami. A force de démarches et de soins aussi zélés que prudents, elle était parvenue à découvrir où se trouvait la plus grande partie des meubles provenant de la vente faite au Vengleûz. Les portraits de famille avaient un peu souffert dans un grenier de Josselin; le bahut à personnages montrait de nouvelles sculptures, dues au ciseau ébréché d'un apprenti charron à Ploërmel; mais enfin, les pouponnes étaient filles à trouer un tableau, à rogner le nez d'une statuette, et peut-être, portraits et bahut n'eussent-ils pas été mieux respectés par elles que par ces profanes étrangers. La plus précieuse trouvaille avait été faite par Agathon, un jour qu'il s'en allait, disait-il, avec un sien compagnon, bon preneur de taupes et gentil chasseur de rats. Cet homme, trié parmi les meilleurs, tout en marchant à petites reposades, parlait d'un excellent marché qu'il était au moment de conclure. Il s'agissait d'une épée rouillée, de telle ou telle façon, et sur laquelle, en sa qualité d'ancien soldat, le valet de M. de Kernévat était appelé à donner son avis. La poignée toute particulière de cette épée répondait si parfaitement à celle dont le gentilhomme-hôtelier se plaisait à rappeler la description, qu'Agathon ne douta pas un instant qu'il n'eût mis la main au trésor; il laissa le marché se conclure, et offrit ensuite à son camarade, pour l'arme en question, un écu de bénéfice et deux chopines de cidre, proposition trop magnifique pour ne pas être acceptée avec transport. Soigneusement fourbie, prête à lancer des éclairs pour peu que l'occasion se présentât de mettre flamberge au vent, l'épée était posée sur une tablette de cheminée, en attendant qu'on lui choisit une table d'honneur.

Les meubles qui garnissaient la charette furent bientôt enlevés, les plus lourds par Etienne et Agathon, les autres par les femmes, car chacun voulait mettre la main à l'œuvre de restauration. Les pouponnes surtout faisaient des prodiges de courage. Si leur mère ne s'y était formellement opposée, elles entreprenaient de transporter, à elles trois, le bahut, qui ne pesait pas moins de cent cinquante livres.

Tant d'ardeur devait amener vite un résultat satisfaisant, et deux heures ne s'étaient pas écoulées que les meubles rangés avec symétrie, les portraits de famille suspendus au mur, donnaient un aspect tout nouveau à la chambre d'honneur du Vengleûz. A dire vrai, on trouverait difficilement aujourd'hui un maître d'école de village qui se contentât d'un ameublement pareil; mais la famille de Kernévat n'était pas exigeante, aussi ne cherchait-elle pas à dissimuler son ravissement. Marguerite seule, bien qu'elle partageât la gaieté générale, s'étonnait qu'on pût trouver tant de bonheur dans la possession de telles antiquailles.

La salle ainsi préparée, Etienne proposa un tour de jardin. Nouveaux enchantements devant les vieux poiriers chargés de folles branches, les rosiers unis fraternellement aux mûriers sauvages, les narcisses et les jacinthes montrant au milieu des touffes d'orties un visage de bonne humeur. Le bois, au bout du jardin, ne se composait que de trois arbres ; tant mieux : la rareté n'est-elle pas souvent l'unique mérite d'une foule de choses vantées et peu dignes d'entrer en comparaison avec les ifs du Vengleûz? Ces ifs, la famille en convenait tout d'une voix, ne ressemblaient à aucun autre par la beauté de leur feuillage, la richesse de leur tronc, qu'à ses colonnettes multipliées on eût pris pour le majestueux pilier d'une cathédrale gothique. De quelle vue aussi l'on jouissait, assis sur le banc de bois vermoulu placé à l'orient du jardin ! A droite, la forêt de Paimpont, où Merlin est encore enchanté sous un buisson d'aubépine ; à gauche, des vergers fleuris, couverts d'un immense tapis de verdure mollement arrondi sur les coteaux ; en face, un vallon digne d'avoir été choisi par les fées pour y danser au clair de lune ; des taillis couronnés par des futaies dont l'ombre, propice aux illusions, laissait entrevoir des rochers grisâtres ; enfin, plus bas, aux deux bords d'une rivière ignorée comme le site agreste qu'elle embellit toujours, des prairies coupées de mille ruisseaux, et sous l'herbe desquelles on entend à chaque pas le gazouillement confus d'une eau souterraine. Elève des bons moines augustins dont l'abbaye était l'orgueil de son village natal, Etienne avait puisé dans Virgile un amour vrai des beautés de la nature, et il possédait, en outre, le don plus rare de communiquer autour de lui son admiration. L'homme n'a pas besoin de s'exiler de son toit, de parcourir le monde, pour élever sa pensée et développer en lui ce charme de l'idéal qui fait l'artiste et le poète.

— « Qui n'a point cette mélodie, s'écria Cha-
« teaubriand dans ses *Mémoires*, la demandera
« en vain à l'univers. Asseyez-vous sur le tronc de
« l'arbre abattu au fond des bois ; si, dans l'oubli
« profond de vous-même, dans votre immobilité,
« dans votre silence, vous ne trouvez pas l'infini,
« il est inutile de vous égarer aux rivages du
« Gange. »

L'heure où M. de Kernévatdevait revenir à Paimpont approchait, et il était important pour la famille de retourner au bourg avant lui. On parla de se séparer, non sans l'engagement formel de se retrouver dans deux jours pour fêter dignement la Saint-Georges. Les pouponnes avaient solennellement promis pour la soirée et le lendemain, un mutisme qui n'était pas dans leurs habitudes. En attendant, la mère ayant voulu faire encore quelques centaines de pas avec Mademoiselle de Bréciliane et Marguerite, les trois enfants s'élancèrent en avant, les bras enlacés, et chantant, dans les tons les plus divers, un vieil air de ronde.

Énora, Marguerite et Étienne venaient après les pouponnes, aussi joyeux qu'elles, bien qu'ils ne fussent pas aussi bruyants. La châtelaine de Comper et Madame de Kernévat fermaient la marche.

— « Ne pensez-vous pas, disait Louisa, que si un peintre voulait personnifier le bonheur dans un de ses tableaux, il pourrait lui donner la figure d'Étienne ? »

La mère répondit qu'en effet son fils était heureux ; puis, comme toutes les mères prodigues de leur dévouement le plus absolu, elle parla avec une reconnaissance touchante, presque avec un étonnement naïf, des soins dont elle était l'objet de la part de ses enfants ! Chose admirable ! les parents qui nous ont tout donné ne savent quelle expression de gratitude employer quand nous leur prouvons parfois notre tendresse !... Pour quelques heures passées au chevet de son lit, dans une maladie aussi courte que terrible, n'ai-je pas entendu celle dont le nom remplit mon cœur, et que je ne dois plus voir en ce monde, me supplier d'abandonner sa main défaillante, de quitter sa chambre, de veiller à ma santé, oubliant, tant l'amour maternel est généreux, que ce n'était pas quelques heures, mais de longs mois, des années entières, qu'elle avait veillé et pleuré sur mon berceau ? L'amie de la châtelaine s'exprimait avec la même effusion ; elle aussi se plaignait doucement d'être trop aimée de son *pauvre garçon*, toujours prêt à s'oublier à son tour pour ceux qui ne lui avaient jamais compté leurs sacrifices.

— « Il m'est impossible, ajoutait Madame de Kernévat, même quand ce bon Étienne montre tant de gaieté, de chasser une pensée amère et bien faite pour glacer ma joie : notre fils sera victime de son abnégation courageuse. Soutien d'une nombreuse famille, il a renoncé un peu légèrement au mariage pour être tout à son père et à ses sœurs. L'héroïsme n'empêche pas les regrets, et je crains qu'un jour...

« Ce jour n'arrivera pas, interrompit la châtelaine de Comper, il n'arrivera pas, et notre cher Étienne n'aura que l'honneur du sacrifice. Je nourris un projet de mariage qui nous rendrait tous heureux. L'avenir de votre fils vous tourmente, et moi, me croyez-vous bien tranquille sur l'avenir de ma nièce ?

Le plus grand étonnement se peignit sur les traits de Madame de Kernévat, qui répondit d'une voie mal assurée que les partis se présenteraient en foule pour la nièce de Mademoiselle de Bréciliane.

— « Vous pouvez avoir raison, répliqua Louisa, mais vous n'ignorez pas les funestes suites du mariage de ma sœur ; vous savez dans quelle solitude je vis et combien il me serait difficile de faire un choix judicieux parmi des jeunes gens qui me sont inconnus jusqu'ici. Dans tous les cas, en trouverais-je aucun dont le cœur m'offrit plus de garanties que celui d'Étienne ?

— « Y pensez-vous ? s'écria la mère, pâle d'émotion, le fils d'un hôtelier de village !...

— « Le fils de parents plus honorables dans leur obscurité que ne l'a été dans le monde le père de ma nièce. Mieux vaut descendre d'un gentilhomme devenu marchand, et dont l'industrie loyale a profité à sa famille, que d'un oisif endetté et brillant d'un éclat menteur. »

L'exclamation de Madame de Kernévat avait réveillé d'amers souvenirs. La châtelaine reprit après un instant de silence :

— « Ce qu'il faut à Marguerite, c'est bien moins de la richesse qu'une direction sage. J'ai cru voir que ma nièce, malgré ses défauts, ne déplaisait pas à Etienne. Eh bien, je tâcherai de faire comprendre à celle-ci les véritables intérêts de son bonheur. Par l'influence qu'un caractère aussi aimable ne peut manquer de prendre sur une femme bonne, quoique légère, Étienne aura bientôt rectifié les travers d'une éducation frivole. J'aime à me figurer Marguerite appartenant doublement à son époux par les liens sacrés du mariage et par une sorte de création morale et intellectuelle. Les âmes qui ne doivent leur force et leur vertu qu'à elles-mêmes après Dieu sont rares ; mais il en est beaucoup d'autres facilement imitatrices du bien et qui ne sont languissantes et stériles que parce qu'elles n'ont personne pour suppléer à l'énergie qui leur manque, personne pour les diriger et les soutenir. J'ai remarqué au Vengleûz un lierre dont la tige est encore faible et qui, en embrassant étroitement le tronc d'un if, atteint déjà les plus hautes branches de l'arbre. Privée d'appui, cette plante qui s'élève aujourd'hui vers le ciel ramperait misérablement sur le sol et son feuillage souillé de poussière serait foulé par les bêtes de somme. Bien peu ressemblent à l'if du Vengleüz ; mais parmi les plus vertueux et les meilleurs, le lierre est l'emblème d'un grand nombre.

— « Cette charmante enfant serait ma fille? dit madame de Kernévat ; non, non, je ne puis croire à tant de félicité.

— « Espérons, chère amie ; surtout pas un mot de ceci à personne. A la moindre contrariété qu'elle éprouve, Marguerite parle de retourner auprès de son père, et une fois à Paris, elle serait perdue pour nos projets. Espérons, je le répète ; cependant, il arrive si fréquemment aux jeunes filles de ce caractère de choisir mal, que le repos d'Etienne exige la plus grande prudence. »

On se trouvait alors au détour du chemin, limite fixée pour se séparer. Madame de Kernévat pressa doucement la main de la tante et embrassa la nièce avec plus de tendresse qu'elle ne l'avait fait jusqu'à ce jour.

— « Vous renoncez donc pour nous, lui dit-elle, à la fête brillante que l'on prépare à Folle-Pensée et qui a lieu aussi après-demain ?

— « Quoi ! c'est après-demain ? » demanda Marguerite d'un air surpris.

— « Oh ! n'allez pas regretter votre promesse ! » s'écrièrent à la fois le frère et la sœur.

— « Non, non, répondit Marguerite avec un peu d'hésitation ; cependant, j'avais oublié, je l'avoue, qu'à Folle-Pensée on fêtait aussi le même saint. J'en veux à la marraine de Madame de Ploucalec de l'avoir appelée Georgette ! »

On rit, et la jeune fille reprit toute sa gaieté. Les pouponnes avaient interrompu leur trio pour embrasser aussi à leur tour la tante et la nièce ; mais ces dernières, en s'éloignant, les entendirent recommencer leur musique avec une nouvelle ardeur.

IV

LES DEUX FÊTES

Qui de nous, en revenant par la pensée sur sa carrière à demi parcourue, n'a remarqué avec quelle vitesse le temps écoulé traverse la mémoire et combien, dans ce grand nombre de jours dont se compose la vie passée, il en est peu dont les détails se gravent bien dans notre souvenir ? La plus grande partie de notre existence se compose d'heures uniformes ; des années toutes entières, distinguées d'abord par des nuances différentes, se confondent à mesure qu'on s'en éloigne, et il arrive que l'homme, presque effrayé d'avoir à se raconter à soi-même les événements de huit ou dix lustres, peut résumer toute son histoire dans le récit de quelques-uns de ses jours. Celui où les manoirs du Vengleûz et de Folle-Pensée fêtaient la Saint-Georges devait être pour la châtelaine de Comper, sa nièce et la famille de Kernévat une de ces dates importantes qu'on n'oublie jamais. L'aurore de ce grand jour brillait d'ailleurs du plus vif éclat. Quand Marguerite, encore à moitié endormie, ouvrit sa fenêtre au soleil, la brise amolie du *renouveau* agitait doucement les branches, et les oiseaux, volant d'arbre en arbre, de buisson en buisson, remplissaient l'air d'harmonie.

La veille, au soir, il avait été répondu à une invitation pressante de Madame de Ploucalec, qu'un engagement antérieur priverait pour cette fois Mademoiselle de Bréciliane et sa nièce de paraître à Folle-Pensée. En s'assurant de la sérénité du ciel, Marguerite songeait à ce refus. Elle aimait la famille de Kernévat, elle admirait le caractère d'Etienne; mais, quoi! celui-ci n'était qu'un obscur employé des forges de Paimpont, et M. Henri portait l'uniforme d'enseigne dans un régiment qui avait le pas sur tous les autres, hormis les gardes françaises et les suisses!...

Il était convenu, cependant, que Louisa se rendrait directement au Vengleûz, après avoir vu quelque-uns de ses pauvres, et que Marguerite l'y rejoindrait dans la matinée. La jeune fille n'avait pas été consultée sur les billets d'excuses adressés à Madame de Ploucalec, et la pensée que sa volonté ne comptait pour rien dans les résolutions de sa tante, lui causait une certaine irritation. L'opinion de Jallu était que Mademoiselle de Bréciliane, en se dévouant au bien de ceux qui l'entouraient, leur montrait tout ouvertement qu'elle entendait qu'on ne changeât rien à ses plans toujours arrêtés d'avance. Prête à faire le sacrifice de sa fortune, de son repos, de sa santé, de sa vie même, elle tenait à son autorité, à cette dernière attache, visible pour tous, en provoquant parfois les résistances de l'amour-propre, devenait la source de presqne tous les chagrins de la châtelaine.

Celle-ci venait de sortir par les jardins, en recommandant de nouveau à-sa nièce de se faire accompagner pour se rendre au Venglùz, lorsqu'une voiture armoriée entra dans la grande avenue conduisant au château. Marguerite reconnu de loin le noble équipage de Madame de Ploucalec, et, comme elle aperçut aussitôt un chapeau galonné, un uniforme gris à boutons d'or, elle quitta la fenêtre, acheva sa toilette à la hâte, et descendit dans la salle de réception. La dame de Folle-Pensée et son fils venaient supplier Mademoiselle de Bréciliane de revenir sur sa cruelle décision, et grand fut le désespoir de tous les deux, en apprenant que la châtelaine de Comper était absente. Les mots à fracas, les phrases ambitieuses et enflées ne coûtent rien aux gens du monde, et M. Henri, neveu de son colonel le prince de Montbazon, avait pour amis plusieurs hommes de cour. Marguerite ne savait que répondre aux éclats d'une telle douleur, quand le jeune homme, changeant tout à coup de langage, supplia sa mère de l'aider dans un enlèvement en faveur de cette société nombreuse attirée surtout à Folle-Pensée par le désir d'y voir la merveille de Comper. Marguerite se récria, allégua la promesse la plus formelle. Bon ! la famille de Kernévat n'avait-elle pas déjà Mademoiselle de Bréciliane, et n'était-il pas juste de laisser une consolation à de plus proches voisins, à des amis non moins tendres? M. de Rohan-Guéméné venait exprès à la fête pour voir danser à quelques jeunes gens de Plouïgneau, paroisse aux environs de Morlaix, la danse des pots-de fleurs. Marguerite avait passé plusieurs mois à Morlaix, elle connaissait cette danse et l'on comptait sur sa légèreté, sur son adresse pour mener le bal. Fallait-il causer ce désappointement au prince? Non, non; Enora s'y opposerait elle-même; et si Mademoiselle de Bréciliane pouvait connaître tant de raisons déterminantes, elle ordonnerait à sa nièce d'oublier un premier engagement et de prendre place bien vite dans la voiture qui l'attendait. D'ailleurs, le papier n'est pas si rare; voici justement une plume, écrivons ! Simonne ou Jallu aura bientôt porté quelques lignes au Vengleüz. La jeune fille veut résister encore, et on l'entraîne devant la petite table où se trouve justement tout ce qu'il faut pour écrire. La mère lui choisit une feuille de papier; le fils trempe une plume dans l'encrier, et la lui présente. Pauvre Marguerite ! l'image d'Énora, d'Étienne, l'idée charmante qu'elle s'était faite de l'heureux étonnement de

M. de Kernévat, s'effacèrent un instant à ce flux de paroles obséquieuses, et le malencontreux billet fut écrit. Madame de Ploucalec prenait tout sur elle si, par impossible, la châtelaine de Comper était mécontente. On appela quelqu'un pour porter la missive; Simonne se présenta, et fit quelques observations timides accueillies assez rudement par le jeune militaire. Marguerite ne les entendit pas; Madame de Ploucalec la comblait de caresses, et bientôt la voiture reprit avec elle le chemin de Folle-Pensée.

Il serait difficile de donner une idée de l'indignation de la vieille nourrice. Ce qu'Agathon avait pu dire de ses anciens maîtres, n'était rien auprès des accusations de toutes sortes qu'elle faisait pleuvoir sur la tête de ces intrigants de Folle-Pensée, comme elle les nommait, l'impertinente, en dépit de leur illustre parenté et de leur blason. Jallu ne les traitait guère mieux; et appuyait principalement aussi sur le contraste que présentait aujourd'hui le manoir de la famille de Ploucalec avec ce qu'il était auparavant.

— « Amorce! piperie! mensonge! disait le sorcier; ce faux éclat ne peut effacer de ma mémoire le temps où la dame de Folle-Pensée laissait attendre à ses domestiques le gland qui tombait, dînait d'un squelette de hareng et éclairait les armoiries brodées sur les tapisseries de la grande salle du manoir avec un méchant bout de résine. Je n'oublierai jamais ma première visite à cette majesté râpée qui m'avait fait appeler pour rapetasser de vieux habits. Figurez-vous une salle énorme où pendaient des lambeaux de tentures chargées de médaillons brodés de toutes couleurs et rappelant les noms et les actions des ancêtres de la dame du lieu. Aux fenêtres, des rideaux fanés, gris de poussière, derrière lesquels jouaient trois ou quatre lapins. A droite, à gauche, un bahut, une table, de vieilles chaises presque toutes dépaillées, le tout chargé de chats, de chiens, de poules et de pigeons. Ce n'était pas une petite affaire que de trouver à s'asseoir dans cette arche de Noé. Depuis, cette mauvaise plaisanterie, qu'on nommait la salle d'honneur, a changé d'aspect ; mais à l'époque où je fis cette première entrée, ce n'était qu'une fois la semaine, le samedi, tandis que Madame rôdait au jardin, que le balai se promenait sous les meubles, au milieu des animaux effarouchés, et enlevait la poussière et le reste pour ne recommencer l'exercicè que le samedi suivant.

— « Je n'ai pas le courage de porter à Mademoiselle la lettre de cette petite évaporée, reprit la nourrice, dont l'accent et le regard étaient un appel à la bonne volonté de Jallu. C'est fini ! en dépit de tous les projets, M. Etienne ne serà jamais l'époux de Marguerite.

La châtelaine de Comper avait pleine confiance dans la discrétion de Simonne, elle lui parlait de ses chagrins, de ses désirs, et la bonne femme ne croyait nullement trahir les secrets de sa maîtresse en causant librement avec Jallu de choses que, suivant elle, il ne pouvait ignorer. Le sorcier proposa de remettre lui-même la missive : il connaissait les chaumières que Louisa devait visiter, et promettait de la rejoindre avant l'heure où elle était attendue au Vengleüz. Inutile d'ajouter que l'offre fut acceptée avec empressement. — « Surtout, dit la nourrice, faites que Mademoiselle ne s'afflige pas trop de ce nouveau contretemps. »

Un léger signe de tête fut toute la réponse de Jallu. Le couturier descendit de la table sur laquelle il était assis, les jambes croisées, et s'éloigna d'un pas rapide en suivant la route prise deux heures auparavant par Mademoiselle de Bréciliane.

Ce matin-là, Louisa n'avait pas été heureuse. Une mère, dont le fils lui devait une belle position à la ville, s'était plainte amèrement de ce fils devenu orgueilleux et dur depuis qu'il avait quitté sa veste commune pour prendre un habit de drap fin. — « Mieux valait pour nous, disait la pauvre femme, souffrir ensemble en nous aimant, que de voir aujourd'hui l'enfant qui nous a coûté tant de peine pour marchander quelques secours payés trop chèrement par le mépris qu'il

fait de nous à cause de notre pauvreté. En voulant nous être utile, vous avez aggravé nos chagrins. Ah ! vous auriez dû le prévoir, vous qui apprenez tant de choses dans les livres. »

Encore sous l'impression terrible de ces reproches, la châtelaine de Comper était entrée dans une chaumière voisine pour s'informer des motifs qui avaient retenu chez lui, au moment où le travail pressait le plus, un terrassier employé presque constamment au château. La réponse de la femme fut bien simple : — Madame de Ploucalec l'a fait chercher, et, comme elle est méchante, vindicative, il fallait bien lui donner la préférence sur vous qui ne ferez jamais de mal à quelqu'un pour vous avoir manqué de parole. Chacun pense à son intérêt en ce monde.

— « Mon intérêt à moi, murmura la châtelaine, serait de couper court à toutes ces ingratitudes en ne faisant plus de bien à personne. »

En se parlant ainsi à elle-même, Louisa continua sa route et entra dans la forêt. Elle traversait le Breil du seigneur, lorsqu'une voix perçante, qui l'appelait à travers les bois, arriva jusqu'à son oreille. La châtelaine s'arrêta, et attendit, sans le moindre sentiment de crainte, l'homme qui la cherchait. La dame, la demoiselle du manoir, ont conservé dans nos campagnes une sécurité à peine vraisemblable pour les femmes des villes : elles s'en vont seules par les chemins, confiantes, tranquilles, sûres d'inspirer partout le respect qu'elles méritent à tant d'égards. Néanmoins, quand Mademoiselle de Bréciliane reconnut le sorcier, une pâleur soudaine couvrit son visage Jallu ne lui causait aucune inquiétude en ce qui le concernait, mais il venait de Comper, et dans la disposition d'esprit où se trouvait la châtelaine, en fait de nouvelles, on n'en peut prévoir que de mauvaises.

La lettre de Marguerite ne confirma que trop ce pressentiment douloureux. Louisa la lut à haute voix, et, après l'avoir froissée dans ses mains et déchirée en plusieurs morceaux, elle adressa quelques questions au messager d'un accent qui trahissait l'agitation de son âme. Le Breil du seigneur est très rapproché de la fontaine de Baranton près de laquelle s'élevait la hutte de Jallu, et Folle-Pensée est le village le plus voisin de cette fontaine.

— « Courez chez Madame de Ploucalec, dit Mademoiselle de Bréciliane, faites savoir à ma nièce que je l'attends dans votre cabane, et que je lui ordonne de m'accompagner au Vengleûz ! Mais non, reprit-elle en voyant le sorcier relever la tête sans lui répondre ; que gagnerais-je en agissant ainsi ? Le meilleur parti à prendre est de renvoyer Marguerite à son père. Adieu mes rêves ! Je m'étais promis, en faisant le bien, de douces jouissances, et je ne rencontre partout qu'obstination, résistance, ingratitude. Du moins, je ne continuerai pas plus longtemps cette vie de mécomptes et de regrets.

— « Notre Sauveur, dit le couturier, nous a donné d'autres enseignements. Vous vous les rappelez ? « Aimez vos ennemis, faites du bien « à tous, et prêtez sans rien espérer : alors, votre « récompense sera grande, et vous serez les en-

« fants du Très-Haut, car il est bon même en-
« vers les ingrats et les méchants. »

— « Je ne sais si c'est une tentation du malin esprit, reprit la châtelaine en baissant un peu la voix ; mais, quand je veux travailler au bonheur de mes semblables, la contradiction m'irrite et l'insuccès me désole.

— « Vous désespérez peut-être trop vite, répliqua Jallu. Puis indiquant du geste la partie de la forêt où se trouvait sa cabane : « J'ai là des talismans précieux : un, entr'autres, fourni par M. Henri de Ploucalec, et qui pourrait changer bien des choses. »

Une expression de doute, plutôt que d'incrédulité, parut dans les yeux de la châtelaine.

— « Je ne sais si ce qu'on raconte de vous est vrai, dit-elle : mais j'ai confiance en votre sagesse, et vous crois capable de donner un utile conseil. Je viens de vous avouer la plaie la plus secrète de mon cœur ; eh bien ! si vous y connaissez un remède, dites-le moi, et ne me cachez pas davantage comment vous pouvez me servir, au moyen de je ne sais quel secret que vous tenez de M. Henri lui-même. »

Jallu parut hésiter un instant avant de se décider à répondre. Enfin, de l'air mystérieux qu'il prenait volontiers toutes les fois qu'il était question de son savoir, le couturier invita la châtelaine, si elle daignait, en effet, recourir aux avis d'un pauvre homme, à entrer, le soir même, en revenant de Vengleüz, dans la cabane qu'il habitait. Louisa n'eut pas plutôt accepté ce rendez-vous, que le sorcier, suivant la chronique locale, devint invisible, se fondit dans l'air comme une vapeur. Ici, pour la première fois, je me permets d'élever un doute sur l'entière véracité du récit que nous fit le petit homme brun de Concoret. La forêt a bien des sentiers divers, bien des buissons, et Jallu put se cacher ou s'éloigner subitement, sans que nous soyons obligés d'y voir rien de surnaturel.

Mademoiselle de Bréciliane trouva toute la famille assemblée au Vengleûz, à l'exception de M. de Kernévat et d'Étienne. On les attendait à chaque instant, et les préparatifs étaient faits en conséquence. Énora et sa mère éprouvèrent un vif regret, surtout la dernière, en apprenant que Marguerite s'était vue contrainte, pour maintenir entre Comper et Ploucalec de bonnes relations de voisinage, d'aller à Folle Pensée ce jour-là. En laissant soupçonner la vérité, Louisa craignait d'attrister ses amis : il serait assez temps d'y revenir plus tard sans troubler la joie d'une si belle fête.

Une animation plus grande autour de lui depuis deux jours, des allées et venues inexpliquées, de fréquents chuchotements entre les pouponnes, avaient suffisamment averti M. de Kernévat qu'il se préparait dans sa famille quelque chose d'heureux et d'extraordinaire. La Saint-Georges arrivée, quand son fils lui prit le bras en le suppliant de se laisser conduire, l'hôtelier-gentilhomme ne vit pas sans émotion son cher Étienne prendre le chemin du Vengleûz. A mesure qu'ils se rapprochaient du manoir, le cœur lui battait avec plus de force, les joyeux soupçons prenaient de la consistance ; aussi, lorsque les pouponnes, derrières lesquelles se tenaient leur mère, Énora et Mademoiselle de Bréciliane, se montrèrent à la grande porte, une liasse de papiers et un trousseau de clefs à la main, l'événement tant désiré, regardé longtemps comme impossible, n'était déjà plus une surprise. M. de Kernévat n'en fut pas moins obligé de s'appuyer fortement sur le bras de son fils pour écouter la plus jeune de ses filles lui expliquer comment le Vengleûz était rendu à ses anciens maîtres. Jamais compliment de fête ne remua plus délicieusement un cœur paternel : le gentilhomme embrassa ses enfants, sa femme, Louisa elle-même ; mais Étienne ! oh ! qu'il le pressa tendrement sur sa poitrine ! qu'il eut de peine à détacher ses lèvres de ce frais visage couvert d'une modeste rougeur ! Tous ensemble, les pouponnes toujours en avant, ils entrèrent dans la grand'salle. M. de Kernévat parcourut d'un regard cette chambre redevenue ce qu'elle était peu de jours avant celui où il en fallut sortir pour la dernière fois. Voici la table de chêne et le bahut à personnages allégoriques ; les portraits de famille, la dame vêtue en Diane chasseresse, le chevalier, le magistrat, la chanoinesse, l'abbé. Quel coup de baguette les a réunis de nouveau, comme au temps où l'aïeul se plaisait à raconter leur histoire à son petit-fils ? Le fauteuil de ce vieillard si malheureux a repris sa place, et, de l'autre côté du foyer, un rouet, une quenouille retracent bien d'autres souvenirs. M. de Kernévat marche d'un pas chancelant vers ces reliques du passé ; il se retourne, jette les yeux au-dessus de la porte, et ne peut retenir un faible cri. L'épée de son père est là ! — « Oui, oui, c'est bien elle », lui répète le jeune homme suffoqué de bonheur. — Et tandis que ce dernier monte sur une chaise, et s'apprête à détacher du mur l'arme si longtemps regrettée, Louisa fait un signe à Énora, aux trois enfants, les emmène dans une autre pièce, et laisse l'heureux châtelain du Vengleùz pleurer sans contrainte avec sa compagne et son fils.

Il était temps que M. de Kernévat donnât un libre cours à ses larmes. A demi-renversé dans le vieux fauteuil, tenant l'épée posée sur ses genoux, il resta quelques instants, la tête dans ses mains, sanglotant comme un homme frappé d'une calamité soudaine, et incapable de prononcer une parole. Dans quelques paroisses de nos montagnes, quand un jeune homme recherche en mariage la jeune fille qu'il aime, non seulement son envoyé sollicite le consentement des parents entourant la jeune fille, mais il ajoute d'une voix grave et la tête découverte : — « Et vous aussi, âmes des morts, parents que nous ne voyons plus et qui nous voyez, je vous demande celle que vous avez aimée avant nous : consentez à la donner pour compagne au nouvel ami qui vous eût chéris avec elle » Cette apostrophe si touchante et toute bretonne, bien qu'en ce moment, au Vengleûz, les circonstances furent différentes, peut seule donner une idée des sentiments qui se pressaient dans le cœur de M. de Kernévat : lui aussi, en prenant possession du manoir acheté par son fils, il s'adressait, entre ces murs, à d'autres amis que ceux qui l'entouraient : — « Ames de mon père, de ma mère, de mon aïeul, disait-il ; âmes de toutes les générations qui ont vécu, aimé, souffert à l'abri de ce toit qui m'est rendu, consentez à me recevoir pour votre successeur ou plutôt votre hôte, et bénissez ma femme et mes enfants ! »

Le manoir fut encore une fois visité minutieusement avec cet intérêt que donne, d'une part, les souvenirs, de l'autre, l'attrait de la propriété qu'on ne connaît dans toute sa douceur qu'après l'avoir acheté par de longues années d'attente, de privations et de travail. La pauvreté honnête, laborieuse, a parfois des jouissances que tout l'or du monde serait impuissant à procurer, et quiconque eût suivi, dans son inspection de Vengleüz, la famille de Kernévat, eût proclamé comme nous cette vérité consolante. Quel repas aussi que ce dîner de la Saint-Georges confié aux soins de Jeannette et d'Enora! On ne vit paraître sur la table ni filet de chevreuil, ni pâté aux truffes, ni champagne, ni rien de ce qui fait un dîner splendide; mais ce qui fait un joyeux festin, oh! comme on le trouvait abondamment! Les pouponnes saluaient par des applaudissements l'apparition de chaque plat; et quand parut le dessert composé de fruits secs, de beignets et d'un gâteau de ménage, il y eut un moment où l'on ne s'entendit plus, tant les exclamations devinrent bruyantes, les transports frénétiques.

Madame de Kernévat proposa la santé de Marguerite, ce qui troubla beaucoup la châtelaine de Comper. Étienne avait éprouvé d'abord une véritable contrariété, en ne voyant pas la charmante nièce de Mademoiselle de Bréciliane; puis, à cause même de la vivacité de ce sentiment, il s'était dit qu'il valait mieux, sans doute, pour lui, que la jeune fille n'eût point paru au Vengleûz. Louisa sut déguiser assez bien, au milieu de ses amis, les pensées amères qui l'obsédaient ; cependant, ce ne fut pas sans un mouvement de triste plaisir qu'elle se retrouva seule dans la forêt, après avoir pris congé de cette bonne famille. Ce qu'elle avait entendu au Vengleûz, ce jour-là, lui faisait regretter plus encore de voir réduire à néant, par le caprice d'une jeune folle, des plans caressés tant de fois. La châtelaine, en prenant le sentier qui devait la conduire devant la porte de Jallu, retomba naturellement dans sa rêverie du matin. — « Pourquoi, se demandait-elle, tant d'agitations et de soucis pour des intérêts étrangers aux miens ? Si mes projets les meilleurs rencontrent de nombreux obstacles chez ceux-là mêmes que je veux servir, ne serait-il pas plus sage, à l'avenir, de vivre renfermée en moi, de chercher la paix dans l'oubli des autres, de demander enfin à Dieu l'engourdissement pour éviter la souffrance.

V

LA HUTTE DU SORCIER

Nous l'avons rappelé maintes fois, la forêt de Paimpont a toujours passé pour un lieu de féerie. Sans parler ici de Merlin et de Viviane, dont Gauvain reconnut la voix en chevauchant sur le *menu gravier de la sentelette*, à l'ombre des hauts châtaigniers ; sans nous arrêter au bruit de la meute du roi Arthur, entendue la nuit par les bûcherons, ni aux coupables enchantements reprochés plus tard à Éon de l'Étoile, citons seulement une charte de 1467, copiée le 18 août 1644, et conservée aux archives de Paimpont. On y voit figurer le breuil du seigneur, où *aucune bête venimeuse ne peut avoir vie*, et le perron de Baranton, sur lequel, dans les temps de sécheresse, le seigneur de Montfort vient répandre quelques gouttes d'eau puisées dans la source voisine, et dont le merveilleux pouvoir est attesté en passant. En effet, s'il faut en croire le vieux parchemin, *en moins de temps qu'il n'en faut audit seigneur de Montfort pour recouvrer son chasteau de Comper, il pleut si abondamment en ce pays que la terre et les biens estant en icelle en sont arrousés et moult leur profite.* Voilà, dans toute sa simplicité naïve, un des monuments de la crédulité de nos pères sur la célèbre forêt bretonne. Avons-nous le droit d'en rire bien haut? Souvenons-nous des somnambules, des devineresses, des tables tournantes et des esprits frappeurs!...

Ce qui semble prouvé, du moins, c'est que le phénomène de la réfraction des corps, source de tant d'histoires sur le démon du Hartz, en Hanovre, a lieu fréquemment au lever du soleil, dans la partie nord de la forêt de Paimpont. L'aventure racontée par Dickens, sur une jeune fille qui mourut de peur en revenant de la promenade, parce qu'elle venait de se rencontrer elle-même, cette aventure n'aurait rien d'invraisemblable à la lisière de notre forêt, où l'on peut voir à la fois, à certaines heures, jusqu'à trois images de sa personne. Un effet aussi singulier, quoique naturel, n'a pas peu contribué, sans doute, à conserver, même de nos jours, en ces campagnes, la croyance aux maléfices des sorciers.

Nous en avons dit assez maintenant pour excuser, sinon pour justifier, l'émotion supertitieuse de Mademoiselle de Bréciliale en approchant de la cabane de Jallu. Celui-ci attendait la châtelaine, assis devant un petit feu que la fraicheur d'une soirée d'avril rendait encore agréable. Louisa prit place de l'autre côté du foyer, sur l'unique chaise de la maison ; et quand elle se fut assurée qu'une image de Notre-Dame du Roncier était collée sur le mur, qu'une branche de buis bénit ornait le petit miroir, que rien enfin, dans cette pauvre demeure, n'annonçait un commerce avec Belzébuth, elle reprit la conversation commencée le matin, et renouvela le vœu qu'elle avait formé de ne plus se tourmenter, à l'avenir, des fautes et des chagrins d'autrui.

Le vieillard s'informa d'abord si une réprimande sévère attendait Marguerite au château, et sur la réponse affirmative, il demanda encore si la châtelaine était bien décidée, dans le cas où la nièce ne se montrerait pas assez soumise, à renvoyer cette dernière à Paris. Louisa répondit que telle était, en effet, sa résolution.

— « Et vous vous persuadez, continua le sorcier, qu'après le départ de Mademoisselle Marguerite, et lorsque vous aurez cessé de visiter nos chaumières, où, j'en conviens, on ne rencontre pas toujours des cœurs reconnaissants ; vous vous persuadez qu'alors, uniquement occupée de vos intérêts, votre vie deviendra plus douce, peut-être même exempte de chagrins?

— « Je l'espère, dit Louisa ; entre deux personnes dont l'une s'en tient strictement à son fardeau, tandis que l'autre ajoute aux faix qu'elle porte ceux de tous ses voisins, la différence de peine et de fatigue doit être en faveur de la première.

— « Examinons avant de rien décider, répliqua Jallu d'un air pensif. Si vous y consentez, mademoiselle, nous allons faire ensemble une expérience qui vous permettra de chercher ensuite, avec connaissance de cause, le meilleur parti à prendre ce soir. La vie d'isolement, que vous rêvez quelquefois, va se montrer devant vous telle qu'elle est, ou plutôt telle qu'elle sera demain, si, après l'avoir mieux connue, vous persistez encore à la choisir. »

J'ai déjà dit, dans mes *Pèlerinages*, que le petit homme brun, narrateur de l'histoire de Jallu, croyait fermement aux sorciers. Suivant lui, il fallait admettre comme le résultat d'un sommeil magique les scènes que je vais essayer de décrire, tandis qu'un de ses auditeurs, ennemi déclaré du merveilleux, n'y voyait qu'une suite de tableaux tracés par la parole dans le cours d'une conversation. S'il était besoin de me prononcer ici à mon tour, j'aimerais mieux écarter le fantastique dans un récit dont le premier mérite est sa simplicité et l'utilité pratique sa morale; je ne voudrais voir dans le prétendu sorcier de Concoret qu'un de ces hommes éloquents, donnant un corps à leurs pensées, et les faisant passer vivantes sous nos yeux. Idées saisissantes ou visions surnaturelles, je vais, à l'exemple du petit homme brun, rapporter cette partie de la chronique de Comper comme une sorte de représentation théâtrale à laquelle la châtelaine aurait assisté.

Louisa se vit d'abord assise dans sa chambre, dont la fenêtre donnait sur l'étang. Marguerite avait quitté le château depuis une année entière, la plupart des domestiques étaient changés, et si la nourrice Simonne, à genoux sur la pierre du foyer, d'où elle semblait épier l'ébullition d'un pot de tisane, n'avait été là près de sa maîtresse, à peine eût-il été possible de reconnaître celle-ci. Les traits de Mademoiselle de Bréciliane étaient fatigués, ses yeux éteints.

— « Simonne, dit-elle d'une voix faible, ne sais-tu rien pour m'égayer un peu ? Autrefois, tu parlais trop ; maintenant, tu sembles avoir juré de ne jamais ouvrir la bouche en ma présence.

— « La raison en est bien simple, mademoiselle ; autrefois, vous preniez plaisir à m'écouter, et à présent...

— « A présent, je t'invite parfois à changer de discours, c'est vrai ; mais à qui la faute ? Tu ne trouves rien qui soit de nature à m'intéresser.

— « Vous parlerai-je de la famille de Kernévat ?

— Non ; tu sais que je ne la vois plus depuis le départ de Marguerite. Je m'étais trop avancée près de la mère ; il m'eût été désagréable de revenir là-dessus. Et puis, il me faudrait recevoir les confidences de la bonne dame sur les chagrins qu'elle supposera toujours à son fils. Cela n'est guère amusant, tu en conviendras.

— « Il est question d'un mariage qui, dans un autre temps, vous eût beaucoup intéressée : Christophe, le forgeron, épouse la fille de votre jardinier.

— « Ah ! oui. Je me serais crue obligée, n'est-ce pas, d'offrir un cadeau à la mariée, et le choix du présent eût été une grande affaire ? Cela m'occupe fort peu, maintenant. D'ailleurs, j'ai congédié le père pour avoir laissé dépérir, faute de soins, cette plante qui m'avait coûté deux écus.

— « Si vous vouliez descendre au jardin, vous la verriez aujourd'hui plus belle que jamais.

— « A quoi bon, Simonne ? Je ne me soucie pas plus de mes fleurs, à présent, que des plaisirs ou des peines de tout Concoret. Je ne sais quel souffle desséchant a passé sur moi... Un mot te dira tout : je m'ennuie.

— « Si la vie de la campagne vous paraît triste depuis que vous avez changé vos habitudes, ne pourriez-vous aller à Paris et voir le monde ?

— « Le monde ! et quelle figure y ferais-je, incapable, comme je le suis, de plier mon goût à ceux des autres ? Et puis, ma santé décline tous les jours ; j'ai, sur ce point, tant de précautions à prendre...

— « Vous ne les preniez pas il y a un an, et les choses n'en allaient que mieux pour votre santé, et aussi pour la paix de votre esprit.

— « Peut-être bien. Depuis que je ne visite plus les malades de la paroisse, toute indisposition personnelle me semble grave. Je n'ai cessé de me tourmenter pour les autres que pour connaître des frayeurs dont je n'avais pas l'idée auparavant. Le désœuvrement, succédant tout à coup à une existence si remplie, aurait-il amolli mon courage et troublé mon imagination ? Je ne puis rencontrer quelqu'un sans lui parler de mes maux, le consulter sur tel ou tel effet nerveux que j'ai cru remarquer en moi, et dont l'étude m'absorbe en me torturant. Autrefois, dans la lutte que nécessitaient les obstacles apportés à mes projets, au moins je me sentais vivre ; à présent, repliée tristement sur moi-même, je ne me sens plus que mourir. »

Simonne dut se frapper la poitrine en écoutant ces paroles ; mais le château de Comper avait déjà disparu, et à sa place un appartement garni, où se trouvait une jeune femme livrée au plus violent désespoir, étalait son luxe fané, ses meubles salis, et sans autre souvenir qu'une idée de banalité et d'abandon. Une lettre était ouverte sur la table, à côté de la lampe ; Marguerite la relisait pour la vingtième fois ; puis elle marchait au hasard dans la chambre, courait à la porte, à la fenêtre, prêtant l'oreille et frémissant au moindre bruit. La nièce de Louisa était mariée depuis quelques jours, mariée au moyen d'une double fraude de son père et de son mari, qui, tous les deux, avaient réussi mutuellement à se tromper sur la situation de leur fortune. La conséquence naturelle de l'explication devait être une querelle, un échange de reproches et d'outrages ; et à l'heure où Marguerite, devenue la victime de ces ignobles mensonges, passait dans l'anxiété la plus cruelle une soirée si rapprochée de ses tristes noces, le beau-père et le gendre se battaient en duel. La nouvelle épouse se parlait à elle-même, s'accusait, en se tordant les mains, d'une condescendance coupable aux désirs de son père, regrettait d'avoir consenti à porter le nom d'un homme pour lequel elle n'avait ni estime ni affection. — « Oh ! ma tante, ma tante ! s'écriait-elle amèrement, rien de ceci ne serait arrivé, j'habiterais encore votre tranquille château, je serais l'heureuse épouse d'Étienne si à tant de vertus réelles vous aviez su joindre un peu d'indulgence ! »

Comment finit la douloureuse attente de Marguerite ? l'histoire ne le dit pas. Et comme si le nom d'Étienne et la salle d'honneur du Vengleûz étaient maintenant inséparables, à peine ce nom fût-il prononcé, que les portraits de famille, l'antique bahut, le vieux fauteuil, l'épée, remplacèrent dans leur pauvreté digne et touchante, le clinquant misérable de l'hôtel garni. Madame de Kernévat travaillait à un ouvrage de couture, près de la table où son fils écrivait, tandis que les pouponnes jouaient aux osselets dans la cour, qu'Énora plantait quelques fleurs, et que le père râtissait les allées du petit jardin. De temps en temps, la mère s'essuyait les yeux en y laissant sa main quelques secondes, ce qui permit à Étienne de se glisser derrière elle dans un de ces moments. Avant que Madame de Kernévat ne l'eût aperçu, le jeune homme l'embrassait avec tendresse et lui demandait la cause d'un chagrin qu'elle cherchait vainement à lui déguiser.

— La cause de mon chagrin, répondit la mère, il faut la chercher dans ton cœur où je l'ai trouvée. Tu souffres pour nous, Étienne, et moi, je pleure pour toi...

— « Ma mère, je ne puis comprendre...

— Il est écrit : L'homme quittera son père et sa mère pour s'attacher à sa femme ; et toi, mon pauvre enfant, après avoir soigné notre vieillesse et marié tes sœurs, un jour viendra où tu seras seul. Si nous n'étions pas là pour arrêter ton avenir, tu aurais aussi une compagne, des enfants, tout ce qui fait le charme de l'existence.

— « N'est-il pas écrit également : Honore ton père et ta mère ? Ah ! croyez-le, il y a d'autres joies que celles auxquelles votre fils a dû renoncer ; tant qu'un homme se sent utile à quelqu'un, et surtout à quelqu'un qu'il aime, cet homme n'a pas le droit de se dire malheureux.

— « D'où vient alors que tu n'as plus ta gaieté ? Naguère, quand tu travaillais à tes chiffres, tu reposais quelquefois ton attention fatiguée par un refrain que tu accompagnais en battant la mesure sur la table. A présent, tu ne chantes jamais. »

Le jeune homme hésita un instant avant de répondre ; enfin, il prit son parti :

— « Ma mère, vous rappelez-vous la confidence

que vous m'avez faite l'autre année, quelques semaines après la Saint-Georges ? Je ne pouvais m'expliquer pourquoi Mademoiselle de Bréciliane ne paraissait plus au Vengleüz, et, fatiguée par mes questions, vous m'avouâtes...

— « Que son projet était de te faire épouser Marguerite. Oui..., je n'ai pas été assez discrète, et j'en suis punie cruellement si cette confidence a pu t'attrister.

— « Je n'ai pas voulu interroger mon cœur sur le degré d'affection qu'il porte à Marguerite, reprit Etienne, et si j'avais appris que la nièce de Mademoiselle Louisa était heureuse, je crois que j'eusse vite oublié un rêve trop doux pour qu'il pût jamais se réaliser. Vous savez ce qu'un étranger nous a fait connaître ? La pauvre fille voit à Paris une société peu honorable, et l'on parlait, il y a trois mois, d'un mariage probable avec un intrigant. Oh ! ma mère, je ne vous cacherai rien ! Cette déclaration fut pour moi comme un coup de poignard. Riche, libre, j'aurais volé à Paris, j'aurais demandé la main de Marguerite, peut-être n'eussé-je pas été repoussé, et alors elle eût trouvé auprès de vous l'appui qu'on lui a si promptement retiré à Comper. Il y a dans cet acte de sévérité, dont nous avons été les témoins, une grande et triste leçon. Sans la patience, qu'est-ce que la bonté? Vous me plaignez, ma mère! Ah! réservez votre compassion pour celle dont j'admirais la haute vertu, qui, lorsqu'elle pouvait, avec un peu d'abnégation et d'indulgence, ramener et sauver sa nièce, l'a précipitée elle-même dans le péril. »

— « Marguerite est mariée depuis quelques jours », dit tout bas Madame de Kernévat. Etienne tressaillit, et cacha sa tête dans ses mains.

Une dernière scène succéda à ces trois premiers tableaux. La châtelaine se retrouva dans sa chambre non plus avec Simonne, mais couchée sur un lit de douleur, et écoutant, les mains jointes, les paroles que lui adressait un religieux augustin. Celui-ci lui reprochait la stérilité des dernières années de sa vie. — « Vous avez cherché la paix, lui disait-il, où l'on ne trouve qu'ennui et lassitude de soi-même. Votre nièce n'entrait pas sans résistance dans la route où vous vouliez la conduire; vos domestiques ne vous témoignaient pas toujours l'attachement désirable; les pauvres, visités par vous, méconnaissaient parfois vos intentions les meilleures; mais vous n'y avez pas assez réfléchi, cette parente, ces serviteurs, ces indigents, vous procuraient aussi des heures fécondes et heureuses : ils tenaient dans votre existence une place que la triste indifférence, le froid égoïsme ne sont jamais parvenus à remplir. Vous me parlez d'obstacles et de mécomptes rencontrés en cherchant à faire le bien, et vous motivez ainsi le parti que vous avez pris de ne porter intérêt à personne; il y en avait un meilleur à choisir, c'était de vous demander, quand vous ne pouviez réformer les autres, s'il ne vous eût pas été plus facile et en même temps plus profitable d'agir sur vous-même. Beaucoup se croient des modèles de charité, qui n'en sont encore qu'à l'apprentissage de cette vertu. Rappelez-vous ce que disait saint Paul : « La charité est patiente, elle est « bénigne, elle n'est point téméraire et préci- « pitée, elle ne s'enfle point d'orgueil. La charité, « continue l'Apôtre, ne se pique et ne s'aigrit « point, elle supporte tout, croit tout, espère « tout et souffre tout. » Voilà ce qu'est la charité, mon enfant; si vous l'aviez pratiquée dans ce qu'elle a de plus aimable et de vraiment céleste, vous n'eussiez jamais connu les dégoûts.

La dernière vision s'évanouit où Jallu cessa de

parler ; car je le répète, chacun peut choisir entre la version fantastique du petit homme brun et l'explication toute naturelle de ses contradicteurs. Louisa de Bréciliane accepta franchement la leçon, bien qu'elle lui fût donnée par un pauvre tailleur de campagne. La vertu avait ses privilèges au dix-septième siècle, comme le prouve surabondamment l'estime dont jouissait à Paris Claude le Glay, ouvrier lorrain, que consultaient à l'envie la maréchale de La Châtre, la princesse de Condé et la duchesse d'Orléans. Jallu ne chercha point à s'excuser de la liberté qu'il avait prise ; et comment l'aurait-il fait, quand la châtelaine de Comper pressait pour la première fois la main du vieillard entre les siennes, et lui adressait d'une voix tremblante d'émotion les noms de père et d'ami ?

— « On m'a souvent répété que j'étais trop bonne, lui dit-elle, et vous venez de me prouver, au contraire, que je ne le suis pas assez. Désormais, avant de crier à l'ingratitude, je veux essayer, d'abord, de sacrifier aux autres cet esprit de domination, cette confiance absolue en mes lumières, cette bienfaisance intéressée, orgueilleuse, exigeant une obéissance passive en échange du service rendu. Pour me guérir des peines que m'ont causées jusqu'à présent les obstacles et les mécomptes, je voulais recourir à la dureté de cœur, à l'égoïsme ; j'avais tort, les remèdes les plus sûrs sont l'abnégation, la patience et l'humilité. »

La nuit était venue, nuit de printemps, nuit charmante, où les étoiles brillaient au ciel, où la

lune éclairait mollement, à travers le léger feuillage des arbres de la forêt, les sentiers coupés de grandes ombres. Louisa, accompagnée du vieillard de Baranton, sortit de la cabane et prit le chemin du château, plus heureuse qu'elle ne l'avait été depuis longtemps, parce qu'au lieu de continuer à s'appesantir sur les défauts de ceux qui l'entouraient, elle venait de prendre pour elle-même la résolution de devenir meilleure. La clarté sereine de cette belle nuit semblait pénétrer jusqu'à son âme. Sur le passage de la châtelaine un rossignol chantait au bord d'un ruisseau. Tout en marchant, Louisa écoutait les sons enchanteurs ; il lui semblait entendre la voix ailée répéter, avec des variations infinies, un des mots les plus pénétrants, les plus doux, les plus harmonieux de la langue des hommes : Espérance ! espérance !

VI

TOUT VIENT A POINT POUR QUI SAIT ATTENDRE

A Folle-Pensée la fête avait été brillante, et de nombreux invités s'y étaient rendus. Les jeunes gens de Plouïgneau, parents de Madame Ploucalec, se trouvaient au manoir depuis une semaine, tout prêts à recevoir la fleur de l'aristocratie du pays de Vannes, venue à cheval ou cahotée par de lourdes voitures très-admirées à Josselin et à Ploërmel. Seul, le prince de Rohan-Guéméné eut l'impolitesse de manquer au rendez-vous, lui qui, disait-on le matin, ne se fût jamais consolé de ne pas voir danser à Marguerite la ronde solennelle, le gai *Jabotao*, les passe-pieds bretons dont Madame de Sévigné devait parler avec tant d'éloge. Le *biniou* était là, cependant, le tambourin l'accompagnait, et malgré l'absence de Monseigneur, que déplorait amèrement la dame du manoir, les danses commencèrent peu de temps après le repas, sur un tapis aussi vert, aussi fleuri de pâquerettes et de boutons d'or que peut l'être la plus riante pelouse vers la fin d'avril.

On voit encore aujourd'hui dans les paroisses de Plouïgneau et de Plougonven, aux danses de l'aire neuve, des jeunes filles mener le bal en portant sur la tête un pot de fleurs qu'elles ne soutiennent jamais avec la main. Marguerite avait eu la fantaisie de se prêter à ce jeu à l'époque où elle passa trois mois à Morlaix, et maintenant que la vaniteuse jeune fille se rencontrait avec ses anciennes rivales, elle saisissait volontiers l'occasion de leur montrer ce qu'elle savait faire. Quand les musiciens ou *sonneurs*, assis sur l'estrade champêtre, eurent donné le signal, une chaîne de danseuses et une autre de danseurs se formèrent; celle-ci renfermant la première dans son cercle et conduite par M. Henri. Marguerite, placée en face de lui, s'avançait légère, charmante, inclinant un peu sa tête blonde sous un petit vase imitant l'amphore, et dans lequel un rosier à tige très basse et en forme de buisson étalait ses branches couvertes de fleurs. Le mouvement de la ronde, qu'elle s'attachait à rendre plus vif pour mieux prouver son adresse, donnait aux joues de la danseuse tout l'éclat des roses qui s'inclinaient sur son front, et dont quelques-unes s'effeuillaient sur ses épaules. Elle souriait comme un enfant qui voit qu'on l'admire, et trop ignorant du monde pour songer à dissimuler son naïf orgueil. Tout en elle était poésie et gaieté, rayonnements et parfums : on eût dit le printemps dans toute sa fraîcheur et sa grâce.

La danse finie, M. Henri ramena Marguerite, au bruit des applaudissements, près d'une femme âgée, la châtelaine du Rôz, qui s'était chargée de remplacer Mademoiselle de Bréciliane absente. Le trop grand succès de sa protégée avait altéré l'humeur da la bonne dame, mère de trois filles assez laides. Aussi, s'adressant à l'une de celles-ci, de façon que la nièce de Louisa ne perdît aucune de ses paroles : — « Ma chère enfant, dit-elle, je me félicite que vous et vos sœurs évitiez d'attirer l'attention de la foule, et préfériez la modestie à d'impertinents bravos. » Marguerite feignit de n'avoir pas entendu ; mais son amour-propre souffrit plus de ce coup d'épingle qu'il n'avait joui de son petit triomphe.

Les quolibets de la châtelaine du Rôz ne furent pas les seuls qu'il lui fallut essuyer dans cette journée mémorable. Tous les jeunes gens entouraient Marguerite, dont les traits étaient si jolis, le rire si attrayant, la dot présumée si bonne à prendre, et l'on sait combien rares sont les mères qui, devant de telles préférences, ne sentent au fond du cœur un sentiment peu chrétien. Henri de Ploucalec, à son tour, le plus empressé et le mieux accueilli, n'échappait pas aux épigrammes de ses rivaux. Les occasions de se présenter à Comper étant pour eux peu fréquentes, ils voulaient profiter de cette fête pour nuire dans l'esprit de Marguerite au jeune militaire qui, depuis quelques semaines, gênait toutes les ambitions. La jeune fille, en se promenant dans les jardins avec les trois sœurs du Rôz, entendait derrière elle des paroles telles que celles-ci :

— « Henri aura ruiné sa femme avant quatre ans.

— « C'est un joueur effréné.

— « Sais-tu ce qu'il répondit à sa mère, qui lui reprochait de ne pas être assez sage?

— « Non.

— « Eh bien! sortant à demi un jeu de cartes d'une de ses poches : Oh! ma mère, dit-il, voyez ceci! Combien de nuits n'ai-je pas passées à méditer sur le *Livre des Rois!* ..... »

Marguerite n'ignorait pas combien David, Charles, César et Alexandre, avaient été funestes à sa famille; et ce qu'elle apprenait des méditations de M. Henri l'intéressait d'autant plus que les intentions de la mère et du fils n'étaient un secret pour personne. La nièce de Mademoiselle de Bréciliane voyait clairement qu'ils n'attendaient qu'un mot encourageant de sa part pour faire au château des propositions de mariage. Ce mot, elle l'aurait déjà dit peut-être si elle n'avait craint, le soir même, à son tour, une explication dont le résultat changerait sa position de fortune et la renverrait à Paris. A mesure que la journée avançait, la jeune fille se sentait moins à l'aise, et, malgré ses succès, mécontente d'elle-même et des autres, il lui arrivait de regretter les tranquilles plaisirs du Vengleüz. Le brillant officier venait de danser encore avec elle, et de lui demander, en la reconduisant à sa place, pourquoi son joyeux rire ne se faisait plus entendre; pourquoi ses yeux avaient pris tout à coup une expression d'inquiétude et de tristesse, quand Jallu parut au milieu de la foule, et se dirigea du côté où M. Henri continuait son rôle d'amoureux. Marguerite se léva brusquement en le voyant approcher; elle avait laissé Jallu au château, et Mademoiselle de Bréciliane l'envoyait sans doute pour quelque message.

Le vieillard et celle à qui il voulait parler quittèrent la pelouse et entrèrent ensemble dans un bosquet éloigné de la foule.

— « Répondrez-vous enfin à mes questions, Jallu? Vous venez de la part de ma tante?

— « Non, mademoiselle; j'ai vu votre tante, il est vrai, depuis l'heure où vous êtes sortie du château; mais lisez ceci, et vous verrez que je viens de la part de la Providence. »

Marguerite prit d'une main tremblante la lettre salie et à moitié déchirée que lui présentait le sorcier de Concoret :

— « Voyez l'adresse, » répliqua Jallu.

— « *A Monsieur Henri de Ploucalec*... Jallu, la correspondance de M. de Ploucalec ne m'importe en aucune façon. Quel que soit le contenu de cette lettre, je n'en veux rien savoir, et vous pouvez la reprendre

— « Si la jeune fille qui est devant moi s'en rapportait à la prudence de sa tante pour lui choisir un mari, je n'insisterais pas davantage, et j'applaudirais même à sa réserve. Mademoiselle, l'âge et peut être quelque expérience de la vie m'autorisent à vous donner un conseil. Défiez-vous des pièges tendus à votre vanité dans cette maison, et quand une occasion se présente de connaître, à temps encore, celui qui vous intéresse assez déjà pour vous avoir entraînée ici, ne la laissez pas échapper. »

Marguerite n'hésita pas plus longtemps; la première feuille de la lettre ayant été déchirée, elle ne put lire que le contenu de la seconde :

« ...... Ainsi, Monsieur, nous vous accordons

» un nouveau délai de trois mois pour le paie-
» ment de cette dette énorme. D'ici là, pressez
» les choses au château de Comper, et arrangez-
» vous de façon à opérer, dans la quinzaine
» après le mariage, le remboursement intégral
» des sommes prêtées. Mon associé m'objectait
» que, jusqu'à présent, vous n'aviez pas été heu-
» reux dans la poursuite d'une dot. Il a raison ;
» et cependant j'aime à me persuader que vous
» mettrez tout en œuvre pour réussir et nous
» satisfaire. Dans tous les cas, notre patience est
» à bout. Germain, à qui vous deviez aussi une
» somme assez ronde, s'est jeté dans la Seine
» avant-hier, ruiné par les crédits, désespéré de
» voir languir dans la plus affreuse misère sa
» femme et ses cinq enfants. Nous n'avons pas
» envie de l'imiter, et nous vous prions de vous
» le rappeler au besoin. »

Comment ce fragment de lettre était-il entre les mains de Jallu ? — L'ouvrier travaillait quelquefois à Folle-Pensée ; peut-être Madame de Ploucalec, en voyant avec quelle rapidité l'argent

échappait à son fils, avait-elle cru nécessaire une réparation aux goussets de l'uniforme, qui, en ce moment, pouvait contenir autre chose que le fameux Livre des Rois. Quoi qu'il en soit de cette conjecture peu honorable pour le couturier, le papier accusateur était sous les yeux de Marguerite, et ce ne fut pas sans une émotion visible qu'elle le rendit au vieillard après l'avoir lu. Celui-ci laissa la jeune fille à ses réflexions, et ne chercha pas, avant de s'éloigner, à lui faire rompre un silence qu'elle semblait vouloir garder. Le geste du sorcier, au contraire, était celui d'Harpocrate : « Mettez un sceau à vos lèvres, « eût dit Shakespeare, et ne prononcez pas un « seul mot, si ce n'est : Chut ! »

Marguerite rejoignit lentement les danseuses. Elle opposait dans son esprit, au brillant égoïste ayant contribué pour sa part au malheur de toute une famille, ce généreux Étienne s'oubliant tout entier pour travailler au bonheur des siens. La pauvre enfant n'ignorait pas non plus ce qu'est un ménage menacé par des créanciers ; elle avait vu celui de son père, et une semblable perspective ne lui souriait nullement. Cependant, bien qu'elle eût déjà renoncé à porter jamais le nom de Ploucalec, bien que le manoir du Vengleûz prît tout à coup dans ses regrets un charme indéfinissable, elle ne se dit pas que rien n'était perdu encore à Comper, et que l'erreur d'un moment pouvait aisément se réparer. La tante, supérieure en vertu, avait remercié Jallu de ses conseils ; la nièce s'était indignée, au contraire, qu'un homme d'une basse condition se fût avisé de lire dans son cœur, même dans le but de lui épargner de grands chagrins. Cette première humiliation lui en promettait une autre à son retour au château. C'était trop pour son orgueil, et la jeune fille, au lieu de se résigner sagement à reconnaître sa faute et à en demander le pardon, prenait la résolution désespérée de quitter Comper le lendemain, de le quitter la tête haute pour aller partager là-bas une vie de hasard qui lui était odieuse. La dame du Rôz et ses filles songeaient à se retirer ; Marguerite pressa aussi son départ, malgré les supplications de M. Henri, et moins d'une heure après, la triste révoltée se cachait dans sa petite chambre où elle croyait pleurer pour la dernière fois.

Mademoiselle de Bréciliane ne rentra que plus tard, et, lorsque Simonne vint prévenir Marguerite que sa tante voulait lui parler, la jeune fille, affectant un air indifférent, s'excusa sur un mal de tête qui lui commandait de chercher de suite le sommeil. La nourrice sortit, et bientôt le pas de Louisa elle-même retentit dans l'escalier.

C'était le moment critique. Marguerite s'essuya les yeux à la hâte, et essaya de prendre un regard mutin et provocateur. La châtelaine de Comper ne parut pas s'en apercevoir; elle s'avançait les yeux baissés vers l'enfant de sa sœur, qu'elle pressa dans ses bras et couvrit de larmes avant que celle-ci eût pu s'en défendre.

— « Marguerite, dit l'héroïne chrétienne avec l'accent le plus maternel, vous me reprochiez, il y a peu de jours, de ne pas vous avoir montré assez d'affection, et il faut bien que vous ayez dit la vérité, pour que vous n'ayez pas craint de m'affliger aujourd'hui. Voulez-vous que nous commencions toutes les deux, dès ce soir, une vie nouvelle ? »

« Il faut tâcher, a dit Nicole, que la principale
« qualité qui éclate en nous soit la bonté, parce
« qu'elle ne choque point l'amour-propre des
« autres. »

Un accueil si tendre et si indulgent répondait si peu à ce qu'attendait Marguerite, qu'elle oublia ses projets de rébellion et s'accusa franchement, durement même, de n'être qu'une méchante fille, indigne de l'amour d'un si noble cœur.

La tante et la nièce n'avaient jamais échangé de telles paroles. L'Ange de la charité, du support mutuel, les inscrivit avec joie au Livre de Vie; et, dès ce moment, comme l'avait voulu la châtelaine, une existence toute différente ramena l'union et le calme au château de Comper.

Il faut mettre fin à ce récit, déjà trop long.

Quand il fut avéré pour Marguerite que Mademoiselle de Bréciliane faisait le bien, non pour le plaisir de diriger, de commander partout, mais uniquement dans un pur amour du prochain, l'admiration que fit naître dans le cœur de la jeune fille un pareil exemple, contribua beaucoup plus à mùrir son esprit, à former sa raison, à corriger sa légèreté naturelle, que les plus sages conseils. Dirons-nous qu'elle changea entièrement de caractère et atteignit à la perfection ? Non ; devenue la compagne d'Etienne, il est probable qu'elle exerça de temps à autre la patience de son mari, bien que celui-ci ait négligé d'en instruire la postérité.

Simonne, n'entendant plus sa maîtresse se plaindre de personne, crut que l'opiniâtreté aveugle et l'ingratitude avaient disparu, comme par enchantement, dans un rayon de dix lieues autour du château, et, ainsi, ne trouva plus de motifs de parler à Jallu des avantages de l'insensibilité.

Le prétendu sorcier reposait paisiblement, à cette époque, à l'entrée du cimetière de Concoret.

Malgré l'idée superstitieuse attachée à son nom, la mémoire du pauvre couturier était vénérée de tout le monde, et le curé n'avait pas craint de dire un jour qu'il souhaitait, pour l'honneur de sa paroisse. que le sobriquet si connu de : *Sorcier de Concoret* ne s'appliquât jamais à un homme moins bon que celui-ci.

Quant à la châtelaine, si Jallu avait exagéré en laissant croire trop complaisamment à son mystérieux pouvoir, elle ne négligea rien pour obtenir le pardon d'une faute commise, sans doute, dans le but de se faire mieux écouter et se rendre ainsi plus utile. Trente années passées dans la pratique constante des bonnes œuvres, prouvèrent que Mademoiselle de Bréciliane avait profité des leçons du vieillard.

— « Mes enfants, disait-elle à Enora, à Marguerite, aux pouponnes qui l'accompagnaient tour à tour dans ses visites charitables, vouloir écarter toujours les contradictions, les échecs, dans nos relations avec les pauvres ou même avec nos parents et nos amis, c'est vouloir nous ôter tout mérite et toute vertu. Si nous étions invariablement obéis, considérés, chéris, il arriverait bientôt qu'en croyant pratiquer la charité nous caresserions le pire de nos ennemis : l'orgueil. Croyons-nous voir de l'ingratitude chez celui que nous cherchons à soulager, ne nous rebutons pas, et rappelons-nous, pour soutenir notre courage, qu'un verre d'eau donné à l'ingrat ne sera pas moins récompensé que s'il s'agissait du meilleur et du plus reconnaissant des hommes. Faire le plus de bien possible sans chercher à en retirer pour soi aucun avantage d'amour-propre ; poursuivre sa route sous le soleil ou la pluie, dans le calme et dans là tempête, avec la sérénité d'un voyageur certain d'arriver à la maison paternelle; voilà notre devoir en ce monde, et le moyen de n'être jamais abattu, jamais lassé, jamais malheureux. »

FIN

La semaine prochaine paraîtra :

LA MARRAINE DE CENDRILLON

PAR

JEANNE DE LIAS

IMPRIMERIE CH. LÉPICE. — MAISONS-LAFFITTE.

www.ingramcontent.com/pod-product-compliance
Ingram Content Group UK Ltd.
Pitfield, Milton Keynes, MK11 3LW, UK
UKHW021229230726
13926UKWH00003B/1321